D0720810

VERRE CASSÉ

Alain Mabanckou est né au Congo-Brazzaville en 1966. Lauréat du prix des Cinq Continents de la Francophonie, du prix Ouest-France/Étonnants Voyageurs et du prix RFO du livre pour son roman *Verre Cassé* (Seuil, 2005), il enseigne aujourd'hui la littérature francophone à l'université de Californie-Los Angeles.

Alain Mabanckou

VERRE CASSÉ

ROMAN

Éditions du Seuil

TEXTE INTÉGRAL

ISBN 2-02-084953-4
(ISBN 2-02-068016-5, 1re publication)

© Éditions du Seuil, janvier 2005

www.seuil.com

à Pauline Kengué, ma mère

premiers feuillets

disons que le patron du bar *Le Crédit a voyagé* m'a remis un cahier que je dois remplir, et il croit dur comme fer que moi, Verre Cassé, je peux pondre un livre parcc que, en plaisantant, je lui avais raconté un jour l'histoire d'un écrivain célèbre qui buvait comme une éponge, un écrivain qu'on allait même ramasser dans la rue quand il était ivre, faut donc pas plaisanter avec le patron parce qu'il prend tout au premier degré, et lorsqu'il m'avait remis ce cahier, il avait tout de suite précisé que c'était pour lui, pour lui tout seul, que personne d'autre ne le lirait, et alors, j'ai voulu savoir pourquoi il tenait tant à ce cahier, il a répondu qu'il ne voulait pas que *Le Crédit a voyagé* disparaisse un jour comme ça, il a ajouté que les gens de ce pays n'avaient pas le sens de la conservation de la mémoire, que l'époque des histoires que racontait la grand-mère grabataire était finie, que l'heure était

11

désormais à l'écrit parce que c'est ce qui reste, la parole c'est de la fumée noire, du pipi de chat sauvage, le patron du *Crédit a voyagé* n'aime pas les formules toutes faites du genre *« en Afrique quand un vieillard meurt, c'est une bibliothèque qui brûle »*, et lorsqu'il entend ce cliché bien développé, il est plus que vexé et lance aussitôt *« ça dépend de quel vieillard, arrêtez donc vos conneries, je n'ai confiance qu'en ce qui est écrit »*, ainsi c'est un peu pour lui faire plaisir que je griffonne de temps à autre sans vraiment être sûr de ce que je raconte ici, je ne cache pas que je commence à y prendre goût depuis un certain temps, toutefois je me garde de le lui avouer sinon il s'imaginerait des choses et me pousserait encore plus à l'ouvrage, or je veux garder ma liberté d'écrire quand je veux, quand je peux, il n'y a rien de pire que le travail forcé, je ne suis pas son nègre, j'écris aussi pour moi-même, c'est pour cette raison que je n'aimerais pas être à sa place au moment où il parcourra ces pages dans lesquelles je ne tiens à ménager personne, mais quand il lira tout ça je ne serai plus un client de son bar, j'irai traîner mon corps squelettique ailleurs, je lui aurai remis le document à la dérobée en lui disant *« mission terminée »* il faut que j'évoque d'abord la polémique qui a suivi la naissance de ce bar, que je raconte un peu le calvaire que notre patron a vécu, en effet on a voulu qu'il pousse son dernier soupir, qu'il rédige son testament de Judas, ça a commencé avec les gens d'Église, qui, s'apercevant que le nombre de leurs fidèles diminuait les dimanches, ont mené une véritable guerre sainte, ils ont jeté chacun leur Bible de Jérusalem devant *Le Crédit a voyagé*, ils ont dit que si ça continuait comme ça y aurait plus de messes dans le quartier, y aurait plus de transes lors des chants, y aurait plus de Saint-Esprit qui descendrait au quartier Trois-Cents, y aurait plus d'hosties noires et croustillantes, y aurait plus de vin sucré, le sang du Christ, y aurait plus de garçons de chœur, y aurait plus de sœurs pieuses, y aurait plus de bougies, y aurait plus d'aumône, y aurait plus de première communion, y aurait

plus de deuxième communion, y aurait plus de caté-
chisme, y aurait plus de baptême, y aurait plus rien du
tout, et alors tout le monde irait droit en enfer, et puis
il y a eu le coup de force du syndicat des cocufiés du
week-end et des jours fériés, ils ont prétendu que si
leurs femmes ne préparaient plus de la bonne nourriture, si leurs femmes ne les respectaient plus comme
les dames du temps jadis, c'était pour beaucoup à
cause du *Crédit a voyagé*, ils ont dit que le respect
c'était important, qu'il n'y avait pas mieux que les
femmes pour respecter les maris parce que ça a toujours été comme ça depuis Adam et Ève, et ces bons
pères de famille ne voyaient pas pourquoi on devait
révolutionner les choses, fallait donc que leurs femmes
rampent, qu'elles suivent les consignes des hommes,
ils ont dit ça, mais en vain aussi, et puis il y a eu les intimidations d'une vieille association d'anciens alcoolos
reconvertis en buveurs de flotte, de Fanta, de Pulp'
Orange, de grenadine, de bissap sénégalais, de jus de
pamplemousse ou de Coca-Cola light trafiqué au
Nigeria avec des feuilles de chanvre indien, ces gars
intégristes ont assiégé le bar pendant quarante jours
et quarante nuits, mais en vain aussi, et puis il y a eu
une action mystique des gardiens de la morale tra-
ditionnelle, des chefs de tribu avec leurs gris-gris
qu'ils jetaient à l'entrée de l'établissement, avec leurs
paroles de malédiction qu'ils adressaient au patron

du *Crédit a voyagé*, avec des âmes mortes qu'ils fai-saient parler, et ils prophétisaient que le commerçant allait crever à petit feu, qu'ils allaient le pousser douce-ment à prendre lui-même un ascenseur pour l'écha-faud, mais en vain aussi, et puis il y a eu enfin une action directe des groupes de casseurs payés par quelques vieux cons du quartier qui regrettaient la Case de Gaulle, la joie de mener une vie de boy, une vie de vieux Nègre et la médaille, une vie de l'époque de l'exposition coloniale et des bals nègres de José-phine Baker gesticulant avec des bananes autour de la taille, et alors ces gens de bonne réputation ont tendu un piège sans fin au patron avec leurs casseurs cagou-lés qui sont venus au milieu de la nuit, au cœur des ténèbres, ils sont venus avec des barres de fer de Zan-zibar, des massues et des gourdins du Moyen Age chrétien, des sagaies empoisonnées de l'ère de Chaka Zulu, des faucilles et des marteaux communistes, des catapultes de la guerre de Cent Ans, des serpes gau-loises, des houes pygmées, des cocktails Molotov de Mai 68, des coupe-coupe hérités d'une saison de machettes au Rwanda, des lance-pierres de la fameuse bagarre de David contre Goliath, ils sont venus avec tout cet arsenal impressionnant, mais en vain aussi, et ils ont quand même démoli une partie de l'établisse-ment, et toute la ville en a parlé, et toute la presse en a parlé, *La rue meurt, La Semaine africaine, Mwinda,*

Mouyondzi Tribune, il y a même eu des touristes qui venaient des pays voisins pour voir ce lieu de très près comme des pèlerins visitant le mur des Lamentations, et ces touristes prenaient des photos en pagaille pour je ne sais quel but, mais ils prenaient quand même des photos, il y en a même parmi les habitants de cette ville qui n'avaient pas mis les pieds dans le quartier Trois-Cents et qui le découvraient avec stupéfaction, ils se demandaient alors comment les gens faisaient pour vivre en parfaite cohabitation avec les immondices, les mares d'eau, les carcasses d'animaux domestiques, les véhicules brûlés, la vase, la bouse, les trous béants des artères et les maisons qui étaient au bord de l'effondrement, et notre barman a donné des interviews à gauche et à droite, et notre barman est devenu du jour au lendemain un martyr, et notre barman est passé du jour au lendemain dans toutes les émissions, il a parlé en lingala du nord du pays, en munukutuba de la forêt du Mayombe, en bembé des habitants du pont de Moukoukoulou qui ont la manie de régler leurs différends au couteau, et tout le monde le connaissait maintenant, il devenait célèbre, il inspirait de la pitié, on voulait l'aider, il y a même eu des lettres de soutien, des pétitions pour ce brave type qu'on a alors commencé à appeler « L'Escargot entêté », mais il fallait surtout compter avec les soûlards qui sont toujours solidaires jusqu'à la dernière goutte de vin et qui sont donc passés à l'action, ils se sont retroussé les manches pour réparer les dégâts matériels causés par les gens qui regrettaient l'exposition coloniale, la Case de Gaulle, les bals nègres de Joséphine Baker, et cette histoire banale pour certains est devenue un fait national, on a parlé de «l'Affaire Le Crédit a voyagé», le gouvernement en a discuté au Conseil des ministres, et certains dirigeants du pays ont réclamé la fermeture immédiate et sans condition de l'établissement, mais d'autres s'y sont opposés avec des arguments à peine plus convaincants, du coup le pays a été divisé en deux pour cette petite querelle de lézards, et alors, avec l'autorité et la sagesse qu'on lui connaissait désormais, le ministre de l'Agriculture, du Commerce et des Petites et Moyennes Entreprises, Albert Zou Loukia, a élevé la voix, il a fait une intervention mémorable, une intervention qui est restée ici comme un des plus beaux discours politiques de tous les temps, le ministre Zou Loukia a dit à plusieurs reprises «j'accuse», et tout le monde était si médusé que dans la rue, pour un oui ou pour un non, pour une petite dispute ou une injustice mineure, on disait «j'accuse», et même le chef du gouvernement a dit à son porte-parole que ce ministre de l'Agriculture parlait bien, que sa formule très populaire de «j'accuse» resterait dans la postérité, et le Premier ministre a promis qu'au prochain remaniement du gouvernement on confierait au ministre de l'Agriculture le portefeuille de la culture, il suffirait alors de rayer les quatre premières lettres du mot « agriculture », et jusqu'à ce jour on s'accorde à reconnaître que le ministre avait fait un discours brillant, il récitait des pages entières des livres de ces grands auteurs qu'on cite volontiers à table, il suait comme chaque fois qu'il était fier d'avoir séduit son auditoire par son érudition, et c'est ainsi qu'il avait pris la défense du *Crédit a voyagé*, il avait d'abord loué l'initiative de L'Escargot entêté qu'il connaissait bien pour avoir été à l'école primaire avec lui, puis il avait conclu en disant ces mots que je cite de mémoire : « *Mesdames et Messieurs du Conseil, j'accuse, je ne veux pas être le complice d'un climat social aussi moribond que le nôtre, je ne veux pas cautionner cette chasse à l'homme par mon appartenance à ce gouvernement, j'accuse les mesquineries qui s'abattent sur une personne qui n'a fait qu'imprimer un itinéraire à son existence, j'accuse l'insipidité des agissements rétrogrades de ces derniers temps, j'accuse l'incivilité des actes barbares orchestrés par des gens de mauvaise foi, j'accuse les outrages et les défis qui sont devenus monnaie courante dans notre pays, j'accuse la complicité sournoise de tous ceux qui prêtent le bâton aux casseurs, aux fauteurs de troubles, j'accuse le mépris de l'homme par l'homme, le manque de tolérance, l'oubli de nos valeurs, la montée de la haine, l'inertie des consciences, les crapauds-brousse d'ici et d'ailleurs, oui, Mesdames et Messieurs du Conseil, voyez comment le quartier Trois-Cents est devenu une cité sans sommeil, avec un visage de pierre, or cet homme qu'on appelle désormais L'Escargot entêté, en dehors du fait qu'il ait été un de mes anciens camarades de classe, très intelligent par ailleurs, cet homme qu'on traque aujourd'hui est victime d'une cabale, Mesdames et Messieurs du Conseil, concentrons plutôt nos efforts à traquer les vrais bandits, j'accuse donc ceux qui paralysent impunément le fonctionnement de nos institutions, ceux qui brisent ouvertement la chaîne de solidarité que nous avons héritée de nos ancêtres les Bantous, je vous avouerais que le tort de L'Escargot entêté a été d'avoir montré aux autres compatriotes que chacun, à sa manière, pouvait contribuer à la transformation de la nature humaine ainsi que nous l'enseigne le grand Saint-Exupéry dans* Terre des hommes, *c'est pour cela que j'accuse, et j'accuserai toujours»*

le lendemain de l'intervention du ministre Zou Loukia, le président de la République en personne, Adrien Lokouta Eleki Mingi, a piqué une colère en écrasant les raisins qu'il aimait pourtant manger comme dessert tous les jours, et nous avons appris par Radio-Trottoir FM que le président Adrien Lokouta Eleki Mingi, qui était par ailleurs général des armées, manifestait sa jalousie quant à la formule «j'accuse» du ministre de l'Agriculture, en fait le président-général des armées aurait voulu que cette formule populaire sorte de sa bouche à lui, il ne comprenait pas que ses conseillers n'aient pas imaginé une aussi courte formule pourtant efficace sur le terrain alors qu'on lui faisait dire des formules ampoulées du genre *« Tout comme le Soleil se lève à l'horizon et se couche le soir sur le majestueux fleuve Congo »*, et alors, vexé, mortifié, diminué, rabaissé, frustré, le président Adrien Lokouta Eleki Mingi a convoqué les nègres de son cabinet qui lui vouaient un grand amour, il leur a demandé de bosser comme ils n'avaient jamais encore bossé jusque-là, il ne voulait plus de formules ampoulées servies par une poésie faussement lyrique, et les nègres de son cabinet se sont mis au garde-à-vous, en ordre, du plus petit de taille au plus grand, comme les Dalton que traque Lucky Luke dans les champs de cactus du Far West, et ces nègres ont dit en chœur « oui, mon commandant » alors que notre président Adrien Lokouta Eleki Mingi était un général des armées, il attendait d'ailleurs avec impatience une guerre civile entre nordistes et sudistes pour écrire ses mémoires de guerre qu'il intitulerait en toute modestie *Mémoires d'Adrien*, et le président-général des armées les a tous sommés de lui trouver une formule qui pourrait rester dans la postérité comme le « j'accuse » qu'avait prononcé le ministre Zou Loukia, et les nègres du cabinet présidentiel ont travaillé la nuit entière, à huis clos, ils ont ouvert et feuilleté pour la première fois les encyclopédies qui prenaient de la poussière dans les rayons de la bibliothèque présiden-tielle, ils ont aussi cherché dans les grands livres écrits en tout petit, ils ont remonté depuis l'origine du monde en passant par l'époque d'un type nommé Gutenberg et celle des hiéroglyphes égyptiens jus-qu'aux écrits d'un certain Chinois qui avait paraît-il disserté sur l'art de la guerre et qui avait vécu préten-dument à l'époque où on ne savait même pas que le Christ allait naître par une opération du Saint-Esprit et se sacrifier pour nous autres les pécheurs, mais les nègres d'Adrien n'ont rien trouvé d'aussi fort que le «j'accuse» du ministre Zou Loukia, alors le président-général des armées a menacé de virer le cabinet entier s'il n'avait pas son mot pour la postérité, il a dit «pourquoi je vais continuer à payer un tas d'imbéciles incapables de me trouver une formule qui frappe, qui reste, qui marque, je vous préviens que si j'ai pas ma formule avant que le coq n'annonce l'aube d'un autre jour, y aura des têtes qui vont tomber comme des mangues pourries qui tombent d'un arbre, oui pour moi vous n'êtes tous que des mangues pourries, c'est moi qui vous le dis, commencez à faire vos cartons et à chercher un pays catholique pour votre exil, ce sera l'exil ou la tombe, je vous dis, personne ne sort de ce palais à partir de cette minute, que je ne sente même pas l'odeur du café depuis mon bureau, encore moins les cigares Cohiba ou Montecristo, pas d'eau à boire, pas de sandwiches non plus, rien, rien et rien, ce sera la diététique tant que vous ne trouverez pas ma formule à moi, et alors dites-moi donc comment ce petit ministre Zou Loukia a trouvé son "j'accuse" dont tout le monde parle dans le pays, hein, les Services de sécurité présidentielle m'ont dit que y a même des bébés qui se prénomment "j'accuse", et que dire alors de toutes ces jeunes filles en chaleur qui se sont fait tatouer cette formule sur leur paire de fesses, hein, et d'ailleurs, ironie du sort, les clients des prostituées exigent que celles-ci aient ce tatouage, vous voyez dans quelle merde vous me foutez, hein, c'était pas quand même sorcier à trouver, cette formule, voyons, est-ce que les nègres du ministre de l'Agriculture sont meilleurs que vous, hein, est-ce que vous êtes conscients que ses nègres à lui n'ont même pas chacun une voiture de fonction, ils prennent le bus du ministère, ils ont des salaires minables pendant que vous vous la coulez douce ici au palais, vous vous baignez dans ma piscine, vous buvez mon champagne, vous regardez tranquillement les chaînes câblées étrangères qui rapportent n'importe quoi sur moi, vous mangez mes petits-fours, vous mangez mon saumon, mon caviar, vous profitez de mon jardin et de ma neige artificielle pour skier avec vos maîtresses, c'est tout juste si vous ne couchez pas avec mes vingt femmes, hein, finalement, dites-moi, vous me servez à quoi dans ce cabinet, hein, est-ce que je vous paye pour venir vous asseoir comme des fainéants ici, hein, autant embaucher comme directeur de cabinet mon chien stupide, bande de bons à rien », et le président Adrien Lokouta Eleki Mingi a claqué la porte de son cabinet en criant de nouveau « bande de Nègres, plus rien ne sera comme avant dans ce palais, y en a marre d'engraisser des limaces de votre espèce qui me bavent des conneries, vous serez jugés au résultat, et dire que parmi vous y a des énarques et des poly-techniciens, mon cul, oui »

les nègres du cabinet présidentiel se sont mis au tra-vail forcé avec une sagaie de Chaka Zulu et une épée de Damoclès au-dessus de leur tête pendant que les échos des dernières paroles du président résonnaient encore dans le palais et alors, vers minuit, comme les idées leur faisaient défaut, parce que dans notre pays on a le pétrole en pagaille mais pas les idées, ils ont songé naturellement à téléphoner à une personnalité influente de l'Académie française qui était paraît-il le seul Noir dans l'histoire de cette auguste assemblée, et tout le monde a applaudi cette idée de dernière minute, et tout le monde a dit que l'académicien en question n'en serait que plus honoré, et ils ont alors écrit une longue lettre avec des subjonctifs imparfaits bien roulés, y avait même certains passages émouvants qui étaient en alexandrins, avec des rimes riches, ils ont vérifié la ponctuation de très près, ils ne souhaitaient surtout pas être tournés en dérision par les académiciens qui n'attendent que ça pour démontrer au monde entier qu'ils servent à quelque chose et pas seulement à remettre le Grand Prix du roman, et dire que les nègres du président avaient failli en venir aux mains parce que certains d'entre eux soutenaient qu'il fallait mettre un point-virgule à la place d'une virgule, d'autres ne partageaient pas cet avis et étaient pour le maintien de la virgule afin de donner une cinquième vitesse à la phrase, et ce dernier camp restait sur sa position malgré l'avis contraire du *Dictionnaire des difficultés de la langue française* d'un certain Adolphe Thomas qui donnait raison au premier camp, et le second camp a maintenu sa position, tout ça pour faire plaisir à l'académicien noir qui, rappelait-on avec déférence, était un des premiers agrégés de grammaire française du continent africain, disons que tout se serait passé comme prévu si les nègres d'Adrien ne s'étaient pas dit que l'académicien ne répondrait pas vite, que la sagaie de Chaka Zulu et l'épée de Damoclès allaient leur tomber dessus avant un petit signe venant de la Coupole, le nom qu'on donne au bulbe dans lequel ces sages immortels observent le bruissement de la langue et décrètent sans voies de recours que tel texte, c'est le degré zéro de l'écriture, mais y avait une autre raison plus pratique qui avait poussé les nègres à battre en retraite, c'est qu'un membre du cabinet, major de sa promotion à l'ENA et qui possédait les œuvres complètes du négro-académicien, a prétendu que celui-ci avait déjà lui-même laissé une formule pour la postérité, *«l'émotion est nègre comme la raison est hellène»*, cet énarque a expliqué à ses collègues que l'académicien en question ne pouvait plus trouver une autre formule parce que la postérité c'est quand même pas la cour du roi Pétaud pour qu'on puisse prendre ses libertés plus de cinq fois, on n'a droit qu'à une formule, sinon ça devient du bavardage creux, beaucoup de bruit pour rien, et c'est pour ça que les formules qui entrent dans l'Histoire sont courtes, brèves et incisives, et comme ces formules traversent les légendes, les siècles et les millénaires, les gens oublient malheureusement qui en ont été les vrais auteurs et ne rendent plus à Césaire ce qui est à Césaire

sans désespérer, les nègres du président-général des armées ont trouvé un autre truc de dernière minute, ils ont décidé de mettre leurs idées et leurs découvertes dans une corbeille, ils ont dit que c'était ça qu'on appelait le *brainstorming* dans les grandes écoles que certains d'entre eux avaient fréquentées aux États-Unis, et ils ont écrit chacun sur une feuille de papier plusieurs formules qui sont entrées dans la postérité de ce monde de merde, et ils ont commencé le dépouillage comme on le fait dans les pays où on a le droit de voter, et ils ont commencé à tout lire d'une voix monocorde sous l'autorité du chef des nègres, on a débuté par Louis XIV qui a dit *« L'État c'est moi »*, et le chef des nègres du président-général des armées a dit «non, c'est pas bon cette citation, on ne la garde pas, c'est trop nombriliste, on nous prendrait pour des dictateurs, on passe», Lénine a dit *« Le commu-nisme, c'est le pouvoir des Soviets plus l'électrification du pays »*, et le chef des nègres a dit «non, c'est pas bon, c'est prendre le peuple pour des cons, surtout les populations qui n'arrivent pas à payer leur facture d'électricité, on passe», Danton a dit *« De l'audace, encore de l'audace, toujours de l'audace »*, et le chef des nègres a dit «non, c'est pas bon, trop répétitif, en plus on risque de croire qu'il nous manque de l'audace, on passe», Georges Clemenceau a dit *« La guerre, c'est une chose trop grave pour la confier aux militaires »*, et le chef des nègres a dit «non, c'est pas bon, les militaires ris-quent de se fâcher, et c'est le coup d'État permanent, n'oublions pas que le président lui-même est un général des armées, faut savoir où on met les pieds, on passe », Mac-Mahon a dit « *J'y suis, j'y reste* », et le chef des nègres a dit « non, c'est pas bon, c'est comme si quelqu'un n'était pas sûr de son charisme et se raccrochait au pouvoir, on passe », Bonaparte a dit lors de sa campagne en Égypte « *Soldats, songez que du haut de ces pyramides quarante siècles vous contemplent* », et le chef des nègres a dit « non, c'est pas bon, c'est prendre les soldats pour des ignares, pour des gens qui n'ont jamais lu les livres du grand historien Jean Tulard, or nous avons pour mission de montrer au peuple que les militaires ne sont pas des imbéciles, on passe », Talleyrand a dit « *Voilà le commencement de la fin* », et le chef des nègres a dit « non, c'est pas bon, on croirait au commencement de la fin de notre propre régime, or nous sommes censés être au pouvoir à vie, donc on passe », Martin Luther King a dit « *J'ai fait un rêve* », et le chef des nègres s'est énervé, il n'aime pas entendre parler de ce type qu'il oppose toujours à Malcolm X son idole, et il a dit « non, c'est pas bon, y en a marre des utopies, on attend toujours que son rêve en question se réalise, et je vous dis qu'on attendra encore un bon paquet de siècles, allez, on passe », Shakespeare a dit « *Être ou ne pas être, c'est la question* », et le chef des nègres a dit « non, c'est pas bon, nous n'en sommes plus à nous demander si nous sommes ou ne sommes pas, nous avons déjà résolu cette question puisque nous sommes au pouvoir depuis vingt-trois ans, allez,

on passe », le président camerounais Paul Biya a dit
« Le Cameroun, c'est le Cameroun », et le chef des nègres
a dit « non, c'est pas bon, tout le monde sait que
le Cameroun restera toujours le Cameroun, et il
ne viendrait à l'idée d'aucun pays du monde de lui
voler ses réalités et ses lions qui sont de toute façon
indomptables, allez, on passe », l'ancien président
congolais Yombi Opangault a dit *« Vivre durement
aujourd'hui pour mieux vivre demain »*, et le chef des
nègres a dit « non, c'est pas bon, faut jamais prendre
les gens de ce pays pour des naïfs, et pourquoi ne pas
mieux vivre dès aujourd'hui et se moquer du futur,
hein, d'ailleurs ce type qui a dit ça a vécu dans l'opu-
lence la plus choquante de notre histoire, allez, on
passe », Karl Marx a dit *« La religion c'est l'opium du
peuple »*, et le chef des nègres a dit « non, c'est pas du
tout bon, nous passons notre temps à persuader le
peuple que c'est Dieu qui a voulu de notre président-
général des armées, et on va encore dire des conneries
sur la religion, est-ce que vous ignorez que toutes les
églises de ce pays sont subventionnées par le président lui-même, hein, allez, on passe », le président
François Mitterrand a dit *« Il faut laisser le temps au
temps »*, et le chef des nègres s'est énervé, il n'aime pas
entendre parler de ce type, et il a dit « non, c'est pas
bon, ce président a pris tout le temps pour lui-même,
et il a presque laminé et ses adversaires et ses amis

avant de tirer sa révérence et aller s'installer à droite de Dieu, allez, on passe», Frédéric Dard alias San-Antonio a dit *« Il faut battre le frère quand il est chauve »*, et le chef des nègres a dit «non, c'est pas bon, y a trop de chauves dans ce pays et surtout au gouvernement, faut pas les froisser, moi-même je suis chauve, allez, on passe», Caton l'Ancien a dit *« Delenda Carthago »*, et le chef des nègres a dit «non, c'est pas bon, les gens du sud du pays vont croire que c'est une phrase en patois du Nord et les gens du nord du pays vont croire que c'est une phrase en patois du Sud, faut éviter ces quiproquos, allez, on passe», Ponce Pilate a dit *« Ecce homo »*, et le chef des nègres a dit «non, c'est pas bon, je fais la même remarque que pour les élucubrations de Caton l'Ancien, on passe», Jésus en mourant sur la croix a dit *« Mon Dieu, mon Dieu, pourquoi m'avez-vous abandonné »*, et le chef des nègres a dit «non, c'est pas bon, c'est trop pessimiste comme paroles, c'est trop pleurnichard pour un gars comme ce Jésus qui avait pourtant tous les pouvoirs entre ses mains pour foutre la merde ici-bas, on passe», Blaise Pascal a dit *« Le nez de Cléopâtre, s'il eût été plus court, toute la face de la terre aurait changé »*, et le chef des nègres a dit «non, c'est pas bon, il s'agit aujourd'hui d'une question de politique et non de chirurgie esthétique, allez, on passe», donc les nègres du président ont passé en revue des milliers de citations et bien d'autres paroles historiques sans vraiment trouver quelque chose pour le premier citoyen du pays parce que le chef des nègres disait chaque fois « c'est pas bon, allez, on passe », et puis, à 5 heures du matin, avant le premier chant du coq, un des conseillers qui visionnait des documentaires en noir et blanc a fini par trouver une formule historique

à midi pile, au moment où la population se mettait à table pour savourer le poulet-bicyclette, le président-général des armées a occupé les radios et la seule chaîne de télévision du pays, l'heure était grave, le président était tendu comme la peau d'un tambour bamiléké, c'était pas facile de choisir le moment propice pour laisser une formule à la postérité, et, en ce lundi mémorable, il était endimanché, paré de ses lourdes médailles en or, il ressemblait désormais à un patriarche à l'automne de son règne, et tel qu'il était endimanché, ce lundi mémorable, on aurait cru que c'était la Fête au bouc que nous célébrons pour perpétuer la mémoire de sa grand-mère, et alors, se raclant la gorge pour chasser le trac, il a commencé par critiquer les pays européens qui nous avaient bien bernés avec le soleil des indépendances alors que nous restons toujours dépendants d'eux puisqu'il y a encore des avenues du Général-de-Gaulle, du Général-Leclerc, du Président-Coti, du Président-Pompidou, mais il n'y a toujours pas en Europe des avenues Mobutu-Sese Seko, Idi-Amin-Dada, Jean-Bedel-Bokassa et bien d'autres illustres hommes qu'il avait connus et appréciés pour leur loyauté, leur humanisme et leur respect des droits de l'homme, donc nous sommes toujours dépendants d'eux parce qu'ils exploitent notre pétrole et nous cachent leurs idées, parce qu'ils exploitent notre bois pour bien passer l'hiver chez eux, parce qu'ils forment nos cadres à l'ENA et à Polytechnique, ils les transforment en petits Nègres blancs, et donc les Nègres Banania sont bien de retour, on les croyait disparus dans la brousse, mais ils sont là, prêts à tout, et c'était ainsi que notre président s'exprimait, le souffle coupé, le poing fermé, et dans ce discours sur le colonialisme, le président-général des armées s'en est pris au capitalisme avec ses outrages et ses défis, il a dit que tout ça c'était de l'utopie, il s'en est pris en particulier aux valets locaux des colonialistes, ces types qui habitent dans notre pays, qui mangent avec nous, qui dansent avec nous dans les bars, qui prennent les transports en commun avec nous, qui travaillent avec nous aux champs, dans les bureaux, aux marchés, ces couteaux à double lame qui font avec nos femmes des choses que la mémoire de ma mère morte dans la Tchinouka m'interdit de décrire ici, or ces types sont en réalité les taupes des forces impérialistes, disons que la colère du président-général des armées est montée de dix crans parce qu'il haïssait ces valets de l'impérialisme et du colonialisme comme on pouvait haïr les chiques, les punaises, les poux, les mites, et le président-général des armées a dit qu'on devait traquer ces félons, ces marionnettes, ces hypocrites, il les a carrément traités de tartuffes, de malades imaginaires, de misanthropes, de paysans parvenus, il a dit que la Révolution prolétarienne triomphera, que l'ennemi sera écrasé, qu'il sera repoussé d'où qu'il vienne, il a dit que Dieu était avec nous, que notre pays était éternel comme lui-même l'était, il a recommandé l'unité nationale, la fin des guerres tribales, il a dit que nous descendions tous d'un même ancêtre, et il a enfin abordé *« L'Affaire Le Crédit a voyagé »* qui divisait le pays, il a vanté l'initiative de L'Escargot entêté, il a promis de lui décerner la Légion d'honneur, et il a terminé son discours par les mots qu'il voulait à tout prix laisser à la postérité, on a su que c'étaient ces mots- là parce qu'il les a répétés à plusieurs reprises, ses bras ouverts comme s'il enlaçait un séquoia, et il a répété «je vous ai compris», sa formule aussi est devenue célèbre dans le pays, et c'est pour ça qu'ici, pour plaisanter, nous autres de la plèbe disons souvent que «le ministre accuse, le président comprend» comme il me l'avait lui-même raconté il y a bien des années, L'Escargot entêté avait eu l'idée d'ouvrir son établissement après un séjour à Douala, dans le quartier populaire de New-Bell où il avait vu *La Cathédrale*, ce bar camerounais qui n'a jamais fermé depuis son ouverture, et L'Escargot entêté, changé en statue de sel, s'y est installé, il a commandé une bière Flag, un monsieur s'est présenté comme étant le responsable des lieux depuis des lustres, il a dit qu'on l'appelait «Le Loup des steppes», et d'après les dires de L'Escargot entêté le type ressemblait à une espèce en voie de disparition, une momie égyptienne, il n'y avait que son commerce qui comptait, même se brosser les chicots ou se raser les cactus clairsemés de son menton, c'était pour lui une perte de temps, il mâchait de la noix de cola, fumait du tabac moisi, on aurait dit qu'il se déplaçait à l'aide d'un tapis volant comme dans certains contes, et alors L'Escargot entêté lui a posé mille et une questions auxquelles le commerçant a répondu sans hésitation, et c'est comme ça que L'Escargot entêté a réalisé que, pour ne pas fermer son bar depuis des années, ce Camerounais comptait sur un personnel fidèle, une gestion rigoureuse et sa propre implication, il arrivait tous les matins et tous les soirs à *La Cathédrale*, et ses employés, le voyant surgir de la sorte, concluaient que *La Cathédrale* était un vrai lieu de culte avec une prière le matin, une autre le soir, et alors, comme on pouvait s'en douter, Le Loup des steppes avait sa grotte juste en face de l'établissement, si bien que lorsqu'on parlait du loup on voyait forcément sa queue, et il dormait d'un seul œil, il pouvait dire le nombre de clients qui buvaient ou qui ne buvaient pas, il pouvait citer les noms de ceux qui bavardaient inutilement au lieu d'acheter à boire, il devinait le nombre de bouteilles de vin vendues rien qu'en tendant l'oreille depuis son gîte, et au milieu de la nuit il se réveillait, traversait la rue des Cacas pour chasser un perturbateur, lui dire que son bar n'était pas un ring zaïrois pour des fanatiques de Mohammed Ali, et il rappelait les droits et les devoirs fondamentaux d'un client de *La Cathédrale*, droits et devoirs qu'il avait gravés sur une planche d'okoumé, de sorte qu'on ne pouvait pas entrer dans le bar sans tomber sur cette table de lois, on notait, entre autres droits, celui de choisir sa bouteille sans être contredit par les serveurs, celui de faire garder la demi-bouteille pour le lendemain, celui de recevoir une bouteille gratuite après dix jours de présence assidue dans l'établisse-ment, il y avait aussi les devoirs, entre autres celui de ne pas se bagarrer, celui de ne pas vomir à l'intérieur de l'établissement mais plutôt dans la rue des Cacas, celui de reconnaître que ce n'était pas Le Loup des steppes qui incitait le client à venir dans son com-merce, celui de ne pas insulter les serveurs, celui de payer sa consommation dès qu'on était servi

tout le long de son séjour à New-Bell, notre patron s'asseyait dans ce bar, il observait de près le compor-tement des clients et des serveurs, discutait avec Le Loup des steppes qui était très vite devenu son ami, et c'est à cette époque que L'Escargot entêté, séduit par ce commerce original, est rentré dare-dare au pays, il ne rêvait plus que de copier le modèle de New-Bell, mais il lui fallait de la thune, on ne réalise pas un rêve avec des mots, L'Escargot entêté avait de la volonté à revendre, et il a cassé sa tirelire, et il a emprunté de l'argent à gauche et à droite, et on a ri quand il a parlé de ce projet, les gens disaient que c'était comme s'il cherchait comment voyager avec un saumon sans se faire attraper par les services d'hygiène à la douane, et il a quand même commencé son affaire petit à petit avec quatre tables et un comptoir de moins de deux mètres, puis huit tables parce que les gens venaient beaucoup, puis vingt tables parce que les gens venaient de plus en plus, puis quarante tables avec une terrasse parce que les gens faisaient la queue et attendaient qu'on les serve, et toute la ville en parlait, le bouche à oreille avait bien fonctionné, d'autant plus que tout le monde savait que L'Escargot entêté avait toujours été réglo avec l'administration, il payait ses impôts à temps, sans en discuter le montant, il payait sa patente, il payait sa licence de ceci, il payait sa licence de cela, on lui avait réclamé tous les papiers, y compris son certificat de baptême, son carnet de vaccination contre la polio, contre la fièvre jaune, contre le béri-béri, contre la maladie du sommeil, contre la sclérose en plaques, on lui avait demandé son permis de conduire une brouette, une bicyclette, on lui avait fait subir des contrôles acharnés qu'on ne fait pas subir aux bars qui ferment à minuit, on lui avait fait subir ce qu'on ne fait pas subir aux bars qui ferment les dimanches, qui ferment les jours fériés, qui ferment le jour de l'enterrement d'un proche, qui ferment pour un oui, qui ferment pour un non, on lui avait promis qu'on le ferait couler, qu'on donnerait alors à son défunt bar le nom approprié de *Titanic*, on lui avait promis qu'il mangerait la pomme à l'eau, qu'il deviendrait un clochard, un bout de bois de Dieu, un damné de la terre, qu'il dormirait dans des tonneaux comme certains philosophes du passé, et pourtant L'Escargot entêté est toujours là, et pourtant il est toujours debout, résolu comme un joueur d'échecs, et il a vu les années passer en un combat douteux, et il a vu les jaloux se lasser de lui chercher des poux dans la tonsure, et il a résisté à la conjuration des imbéciles, et il a vu les autres commerçants le traiter de sorcier, d'Oudini, d'Al Capone, d'Angoualima l'assassin aux douze doigts, de Libanais du coin, de Juif errant, et surtout de capitaliste, une injure grave quand on sait qu'ici être traité de capitaliste c'est pire que si on insultait le con de votre maman, le con de votre sœur, le con de votre tante maternelle ou paternelle, et c'est grâce au président-général des armées que nous détestons les capitalistes, on peut être traité de tout dans notre pays, sauf de capitaliste, ça peut justifier le devoir de violence, ça peut justifier une bonne bagarre de classes sociales, un mortel règlement de comptes, parce que le capitaliste, c'est quand même le diable ici, il a un gros ventre, il fume des cigares cubains, il roule en Mercedes, il est chauve, il est égoïstement riche, il fait de la magouille et tout le bazar, il fait l'exploitation de l'homme par l'homme, de la femme par la femme, de la femme par l'homme, de l'homme par la femme, parfois même il fait l'exploitation de l'homme par l'animal car y a plein de gens ici qui sont payés juste pour nourrir, garder et promener les animaux du capitaliste, et donc on avait traité notre barman de capitaliste, il avait laissé passer cette injure grave, L'Escargot entêté avait résisté, il s'était réfugié dans sa bave de gastéropode endurci, et les vents étaient passés, et les ouragans aussi, et les tornades aussi, et les cyclones aussi, L'Escargot entêté avait plié mais n'avait pas rompu, et c'est un peu grâce à nous autres qui lui avions fait confiance dès le début, sinon il fallait voir comment il somnolait au comptoir les premiers mois de l'ouverture de son établissement, il n'avait pas de personnel fiable à l'époque, il se faisait alors aider par des cousins malhonnêtes qui lui piquaient ses médiocres recettes au premier chant du coq, il se réveillait le matin avec une caisse à moitié vide et une montagne de bouteilles de vin pourtant liquidées par les clients, il avait tout de suite compris qu'il ne fallait pas mélanger la famille et les affaires, qu'il devait embaucher des gens sérieux, des gens responsables, et il avait eu la chance de tomber sur deux types incorruptibles, deux types qui ont la foi du charbonnier, disons qu'un des deux types s'appelle Mompéro, c'est un ancien croque-mort, il ne se déride que par concours de circonstances, faut même pas essayer de lui raconter une blague à ce type, pour lui le rire n'a jamais été le propre de l'homme, faut même pas essayer de lui demander crédit, «vous payez ici et maintenant ou vous sortez avec mon coup de pied dans le cul», c'est ça qu'il dira, Mompéro, je ne l'ai jamais vu discuter avec quelqu'un, si je dis jamais c'est que c'est jamais, il a un visage de pierre, les sourcils en accent circonflexe, les lèvres en ventouse, les muscles de catcheur, et on raconte même qu'un jour, piqué par la colère, il a carrément giflé un arbre fruitier qui ne lui avait rien fait, et toutes les feuilles de cet arbre innocent sont tombées d'un seul coup, et on raconte aussi que lorsqu'il est fâché, mais vraiment fâché, faut lui donner à boire deux litres d'huile de palme, un gobelet de graisse de boa, faut lui donner aussi à brouter un kilo d'oignons, on le sait ici, faut pas lui chercher querelle parce que ça finirait mal, très mal avec lui, et quant au deuxième serveur, il s'appelle Dengaki, c'est un ancien gardien de but de l'équipe de football de l'ethnie bembé, il sait manier le couteau mieux qu'un boucher serial killer, il est capable de rattraper une bouteille avant qu'elle ne tombe par terre et ne se casse, lui il est parfois sympa, mais faut pas exagérer parce que son collègue Mompéro vient de temps à autre le remettre à sa place et lui dire qu'il n'a pas intérêt à se frotter aux clients, à se laisser aller aux familiarités, et quand y a un problème, c'est Mompéro qui exhibe ses muscles tandis

que Dengaki joue le diplomate plénipotentiaire avant
de menacer de sortir son canif qu'il cache dans la
poche de sa culotte, donc les deux gars sont là depuis
l'ouverture du bar, ils aiment leur boulot, rien à dire
de ce côté-là, et quand l'un travaille de jour, l'autre
travaille de nuit, ils alternent ainsi, parfois Mompéro
travaille une semaine entière de jour et Dengaki une
semaine entière de nuit, y a jamais eu de couacs à ce
niveau, la machine est huilée depuis des années, et
donc *Le Crédit a voyagé* est ouvert en permanence, les
gens sont heureux ainsi, ils ne surveillent pas l'heure,
ils ne craignent pas l'ultimatum d'un serveur pressé
de rentrer chez lui, un serveur qui viendrait beugler
que l'établissement va fermer dans quelques minutes
«videz vos verres, rentrez chez vous, bandes d'ivrognes
indécrottables, allez rejoindre vos femmes et enfants
et tâchez d'avaler un bon bouillon de poissons de mer
afin d'éliminer l'alcool qui est en vous»

comment pourrais-je oublier ce père de famille chassé de chez lui comme un chien enragé et qui m'a bien fait rire il y a plus de deux mois, disons que c'est un pauvre gars qui en est réduit aujourd'hui à porter des couches Pampers comme un nourrisson, je ne voudrais surtout pas rire de sa condition, mais c'est la triste réalité, et je ne lui avais rien demandé, moi, je n'avais fait que le regarder droit dans les yeux, puis il m'a dit, d'un air de déclaration de guerre, «pourquoi tu me regardes, Verre Cassé, tu veux ma photo ou quoi, laisse-moi tranquille, regarde donc les autres-là qui bavardent au coin là-bas», j'ai gardé mon calme, ma sérénité, faut pas répondre du tac au tac aux gens de cette espèce désespérée, mais j'ai quand même dit «mon gars, je te regarde comme je regarde tout le monde, c'est tout», «oui mais tu me regardes d'une façon bizarre, c'est pas comme ça qu'on regarde les

41

gens », et je lui ai répondu, toujours sans perdre ma quiétude, « comment tu sais que je te regarde si toi-même tu ne me regardes pas, hein », alors là, il semblait cloué, pris à son propre piège puisqu'il a murmuré quelque chose du genre « je ne parlerai pas, je ne te dirai rien de ma vie, ma vie n'est pas à vendre aux enchères », donc voilà quelqu'un qui était perdu, est-ce que je voulais l'entendre, moi, y a des gens comme ça, quand ils veulent cracher quelque chose, il faut qu'ils vous taquinent, vous bousculent afin d'avoir l'impression qu'ils ont parlé sous la contrainte, moi qui analyse la psychologie des clients du *Crédit a voyagé* depuis des années et des années, je connais ce comportement, « je ne te demande pas de parler, mon brave, tu ne me connais pas bien, renseigne-toi, est-ce que moi, Verre Cassé, j'ai déjà demandé à quelqu'un ici de me donner le mode d'emploi de sa vie, de me vendre sa vie aux enchères, hein », et puis il a fini par dire « Verre Cassé, la vie est vraiment compliquée, tout a débuté le jour où je suis rentré chez moi à 5 heures du matin, je te jure, et ce jour-là j'ai constaté que la serrure de la maison avait été changée parce que j'arrivais pas à introduire la clé dedans, et donc je pouvais pas pénétrer dans ma maison à moi, une maison que je louais, oui, en plus c'est moi qui l'avais trouvée, c'est moi en plus qui avais payé la caution, je le jure au nom de mon père, de ma mère et de mes six enfants, j'ai aussi déboursé douze mois de loyers et le mois en cours avant même d'emménager la moindre fourchette, d'ailleurs, y a que moi qui travaillais, je te dis, et quant à mon épouse n'en parlons même pas sinon je vais m'énerver ici et maintenant, c'est pas une vraie femme, c'est un pot de fleurs fanées, c'est un arbre qui ne donne même plus de fruits, c'est pas une femme, je te dis, c'est un sac à problèmes, et je te dis qu'elle était là, peinarde comme une patate de Bobo Dioulasso, comme une capitaliste, elle était là à attendre que je ramène de l'argent frais à la maison, elle était là à tourner et tourner en rond, à discuter matin, midi et soir avec les grosses rombières divor-cées, avec les veuves du quartier Trois-Cents, ces sor-cières aux pagnes qui puent, ces vicieuses qui se blanchissent la peau, ces médisantes qui se défrisent les cheveux pour ressembler aux Blanches alors que certaines Blanches se font maintenant des tresses pour ressembler aux Négresses, tu vois le problème, Verre Cassé, ma femme était donc là à vagabonder avec ces Marie-couche-toi-là qui prétendent aller à l'église prier alors que c'est pour croiser leurs petits amants de merde, parce que je te jure que ça fornique bien sec dans les églises là-bas, on n'a même plus de respect pour la maison de Dieu, et d'ailleurs Dieu dans tout ça, je sais même plus où Il est, en tout cas pas dans ces églises-là, en fait ces femmes vicieuses, ces mégères sont convaincues que si Dieu existe Il pardonne tout, quel que soit le péché et quelle que soit la personne qui fait des conneries interdites par la Bible de Jérusalem, je te dis que ça fornique grave dans ces églises du quartier, y a pas meilleur endroit pour les orgies, les partouzes, y a pas meilleur endroit que dans ces fausses maisons de Dieu qui pullulent ici et là, tout le monde le sait, même les gens du gouvernement dont certains membres financent ces maisons saintes de fornication, mais c'est pas de vraies églises ça, c'est tenu par des illuminés aux crânes rasés qui utilisent, dénaturent, révisent, souillent, poissent, outragent, profanent la Bible de Jérusalem et qui organisent de vraies parties de jambes en l'air avec les fidèles, hommes ou femmes, oui, dans ces églises y a aussi des pédés, des pédophiles, des zoophiles, des lesbiennes, et ça fornique entre deux prières, entre deux *Ave Maria*, et ils font ça lors de leur pèlerinage vers les hautes montagnes de Loango, de Ndjili et de Diosso pour soi-disant bien méditer à l'abri de nous autres les mécréants, les hommes de peu de foi, les philistins, les brebis égarées, les pharisiens, tu parles, ils vont là-bas pour bien forniquer sec, et moi je dis haut et fort "descends, Moïse", ces gens sont devenus fous, ils font ça lors de leur pèlerinage aux trois montagnes, et ma femme est entrée dans ces conneries-là avec leur gourou qu'elle adule à mort, je te dis que ce gourou-là a semé des enfants ici et là avec des jeunes filles qui ne savent même pas encore se changer de serviette hygiénique quand arrivent les vagues de la mer Rouge, je te dis que ce gourou-là a de l'argent, beaucoup d'argent, il peut même nourrir tout ce quartier pendant un siècle d'embargo américain, et cet argent vient de toi, et cet argent vient de moi, et cet argent vient de tout le monde dans ce pays, je te dis qu'il est très très riche ce malfrat, et il connaît tous les gars bien placés dans l'administration, il paraît qu'il a une photo avec le Premier ministre, avec le pré-sident-général des armées, avec les colonels de notre armée, et il paraît aussi que c'est lui qui donne la moitié des bêtes à distribuer aux pauvres lors de la Fête au bouc, il a une émission de télévision tous les dimanches, et il prend un air sérieux, et il parle comme les prédicateurs noirs américains, et quand il parle à la télé, il menace les mécréants, il leur promet les flammes de l'enfer, le Jugement dernier et tout le bazar, c'est comme ça qu'il recrute des fidèles, c'est comme ça qu'il collecte des sommes astronomiques, y a un numéro de téléphone qui passe à l'écran quand il parle, y a même des enfants autour de lui, habillés en blanc et qui chantent ses louanges au lieu de chan-ter les louanges du Seigneur, et les gens rivalisent de dons pensant que plus on donne à cet escroc, plus on se rapproche de la porte cochère du paradis, je n'aime pas la tête de ce gars, il ressemble à une statuette d'un bouddha gras et méchant, voire vicieux, et donc comment tu peux t'attaquer à ce larron quand c'est l'armée régulière qui lui fournit des militaires pour assurer sa sécurité, hein, même pour le voir faut prendre un rendez-vous des semaines avant, et ses secrétaires ne laissent pas n'importe qui l'approcher, tu vois donc que cette histoire c'est pas une simple histoire de Dieu le Père, c'est du business pur et simple, disons les choses comme elles sont, c'est une affaire qui marche bien, et tu comprends aussi que ce gourou a tout un harem vers les montagnes de Loango, de Ndjili et de Diosso, et c'est la grande vadrouille sexuelle, des parties de jambes en l'air, et c'est donc ma femme qui quittait le foyer conjugal pendant une semaine, et c'est donc ma femme qui allait là-bas, dans ces montagnes qui ne sont même pas sacrées et qu'elle prenait pour des montagnes de l'âme »

le type aux Pampers semblait ce jour-là chercher ses mots, puis il a soudain retrouvé sa verve, a continué son récit sans s'assurer que je le suivais, « tu vois donc, Verre Cassé, ma femme osait m'interdire de sortir, je te dis que c'est pas elle qui pouvait me commander comme ça, c'est moi en plus qui payais tout à la maison, et c'est elle qui se permettait de faire la loi, tu as déjà vu ça où dans ce monde qui s'effondre, hein, jamais vu, je te dis, et c'est elle qui m'empêchait d'aller me faire quelques gâteries légitimes chez les petites bien chaudes du quartier Rex, tu vois le problème, et moi je devais faire quoi pendant que le gourou travaillait ma femme dans les hautes montagnes de Loango, de Djili et de Diosso là-bas, hein, je devais faire quoi pendant ce temps, hein, me croiser les bras comme un spectateur, hein, lire la Bible de Jérusalem, hein, pouponner à la maison, hein, lui préparer à manger, hein, je veux bien être un cocu, mais un cocu posthume, voyons, je veux bien être un cocu, mais pas avec la complicité des religieux, pas avec la complicité des gens qui devraient normalement nous montrer le chemin du paradis, tu comprends qu'il y a des jours où je me dis que certains de mes enfants, sauf la fille qui me ressemble, sont en fait ceux de ce gourou, et moi je devais faire quoi pendant ce temps, hein, c'est vrai que j'aime les filles chaudes du quartier Rex, oui, j'aime le goût des jeunes filles, surtout les jeunes filles du Rex, de vraies belles du Seigneur, elles savent manier la chose en soi, elles sont nées avec ça autour des reins, jamais un homme ne vivra de telles stupeurs, de tels tremblements sous son toit conjugal, et puis les petites-là sont terribles, je te dis, Verre Cassé, c'est des volcans, ces petites, elles te promettent le ciel et te l'offrent enroulé dans du papier cadeau alors que nos femmes de la maison ne réalisent plus aucune promesse, or les petites du quartier Rex, c'est tout chaud, c'est à la fois du caoutchouc et de l'élastique, c'est tout piquant, tout sucré, c'est fiévreux, elles te parlent à l'oreille, elles accompagnent ton érection au millimètre près, elles savent où te toucher pour réveiller l'alternateur endormi, elles savent comment ne pas te faire caler devant un rond-point, elles savent faire tourner la turbine, passer les vitesses, accélérer, on est heureux, on a la vie devant soi, et puis que veux-tu, Verre Cassé, c'était quand même en plus mon argent à moi, et j'avais le droit de faire ce que je voulais avec, non, qu'est-ce qu'elle avait à me casser les burnes comme ça, ma femme, hein, en plus je t'avoue qu'elle ne faisait pas bien la chose-là, sinon je serais resté à la maison comme les autres connards du quartier, or ma femme, elle était là à regarder les tôles, à m'obliger à me curer les ongles, à penser aux silhouettes effilées des petites du quartier Rex, elle pouvait au moins faire semblant de prendre son pied de grue pendant que je galopais sur elle comme un médiocre cycliste du Tour du quartier Trois-Cents, et je vais te dire un secret de polichinelle pendant que j'y pense, Verre Cassé, un jour elle m'a carrément forcé de vite finir de me tortiller sur elle parce qu'elle ne voulait surtout pas rater son dernier épisode du feuilleton *Santa Bar-*

bara, et je suis tombé en panne sèche, plus rien ne démarrait, les batteries mortes, rien, mais plus rien ne fonctionnait, je te dis, et, impuissant, j'ai vu mon instrument de travail perdre de l'altitude et devenir un minable drapeau en berne avant de retrouver les dimensions ridicules de la chose d'un nourrisson prématuré, donc c'est pour te dire que j'étais décontenancé, déconcerté, dérouté, désorienté, je te jure, je me suis rhabillé en un quart de tour, j'ai gueulé comme pas possible, j'ai dit merde, merde, merde, j'ai promis que je ne paierai plus rien à la maison tant que ma femme ne remuerait pas son derrière pendant nos délassements, j'ai ajouté qu'il ne fallait plus compter sur moi, que je n'étais pas un naïf, un con, un demeuré, que j'avais mon orgueil à défendre contre vents et marées, donc je l'ai presque froissée quand j'ai dit que c'était une vraie planche que j'avais épousée, que d'ailleurs elle ne savait pas ce que voulait dire donner du plaisir à un homme, j'ai dit que le seul acte qu'elle accomplissait avec triomphe c'était la procréation que n'importe quelle bête sauvage pouvait assurer, oui, j'ai dit tout ça sous l'effet de la colère pendant que je me rhabillais en un quart de tour, et je suis sorti de la maison en claquant la porte, et une fois dehors je courais à la manière d'un fou qui s'était échappé de l'asile pendant que son surveillant pissait, et j'ai sauté dans un taxi-brousse, le chauffeur voulait me parler, je l'ai envoyé paître parce que je ne voyais pas de quoi lui et moi pouvions discuter, et il m'a dit que j'avais un problème qui me tracassait, que ça se voyait comme le nez au milieu de la figure, je lui ai dit de me dispenser de ses supputations, de la boucler et de me conduire dare-dare au quartier Rex, mais il a continué à bavarder, à me travailler au corps afin de savoir la raison de mon désespoir, je ne lui ai rien confié, je lui ai dit que s'il ouvrait encore sa gueule de métèque, j'allais descendre de sa vieille guimbarde, et il a soupiré en murmurant que c'était encore une histoire de femmes, que j'avais la tête de quelqu'un qui n'était pas comblé à la maison, j'ai sursauté, "comment tu le sais, toi, hein", il a ricané et s'est retourné "tous les gars qui ont ta tête et qui vont au quartier Rex sont en général des cocus ou des gars dont les femmes sont des planches d'okoumé", je lui ai redit de clouer son bec de calao, "les petites du quartier Rex sont chaudes, n'est-ce pas", il a dit, j'étais vexé et je lui ai lancé "fous-moi la paix et conduis, je te dis", mais ce con n'a pas arrêté puisqu'il a encore dit "mon gars, la vie est belle, prends le temps de rire, tout à l'heure tu vas bien voltiger, alors détends-toi, sois cool, respire un coup", et comme je ne lui parlais plus, il a enchaîné en rigolant "c'est comme tu veux mon gars, je disais ça pour la conversation, c'est quand même drôle que de nos jours les clients n'aient plus le sens de l'humour, je t'emmène donc au quartier Rex, mais pense à moi quand tu vas planer avec une petite tout à l'heure", et il n'a plus rajouté un mot, il exhibait un sourire narquois tout au long du parcours, et nous sommes finalement arrivés au quartier Rex, j'ai payé ce connard de chauffeur, mais je lui ai jeté les billets par la fenêtre, il a démarré en me montrant son majeur, j'ai crié "imbécile", il a répondu "cocu", et puis je m'en foutais, j'étais au quartier Rex, et là les petites étaient bien fraîches, disponibles, ouvertes à toutes propositions principales et subordonnées, donc je me trouvais dans mon milieu naturel, l'école de la chair, le quartier Eroshima, et les petites me connaissaient toutes parce que je savais vénérer leur corps, leur beauté, parce que je ne les prenais pas pour des putes, je faisais tout ce que je pouvais faire avec une femme normale dotée d'un potentiel érotique et pas congelée comme la mienne, et une de ces petites m'a demandé ce soir-là si je souhaitais un massage spécial qu'elles appellent *la chair du maître*, j'ai dit illico oui pour *la chair du maître* parce qu'un de mes amis haïtiens qui vit maintenant à Montréal m'en avait dit du bien, et même si ça coûtait le double du prix normal, j'ai dit oui et oui à *la chair du maître*, je t'assure que j'ai vraiment plané, et quand je suis rentré à l'aube, je me suis aperçu que ma femme avait changé la serrure de la maison, oui, tu entends bien, Verre Cassé, après plus

51

de quatorze ans et demi de mariage, quatorze ans pendant lesquels je m'ennuyais à mourir, quatorze ans de désert d'amour, de comédie, de simulacre, de faux-semblant, quatorze ans de calvaire et de position du missionnaire, elle avait changé la serrure de la maison, donc tu comprends que je ne pouvais pas dormir dehors à cause de la serrure qu'elle avait fait changer avec la complicité de mon beau-frère qui est un menuisier de renom, je ne pouvais pas dormir dehors comme un clochard, jamais de la vie, j'ai alors frappé à la porte sans résultat, j'ai crié le nom de ma femme au point que ça a dérangé les voisins, elle n'a pas ouvert, j'ai menacé que j'allais défoncer la porte et que j'allais compter jusqu'à cinq, et j'ai compté doucement, elle n'est pas venue m'ouvrir, alors tu comprends que j'ai appelé les pompiers parce que je ne voulais pas casser la porte de la maison, et quand les pompiers ont débarqué avec leur arsenal, croyant s'attaquer à un vrai feu de brousse, j'ai expliqué qu'il n'y avait pas de feu chez moi, mais il fallait que je trouve un argument de taille parce que ces gens-là aussi s'ennuient beaucoup quand y a pas le feu dans le quartier, ils en ont souvent marre de faire des simulations, et certains d'entre eux partent à la retraite sans même avoir éteint la flamme d'une allumette, et j'ai menti en prétendant que mes enfants étaient enfermés et que leur mère était tombée dans les pommes, et, un peu déçus qu'il n'y ait pas de feu, les pompiers m'ont demandé pourquoi je n'avais pas les clés de mon propre domicile, j'ai dit qu'en partant travailler la nuit je les avais oubliées à la maison, donc mes clés étaient bien à l'intérieur et non avec moi, et puis un des pompiers a souligné que j'étais vraiment un con de la dernière espèce, j'ai rétorqué que je ne le lui faisais pas dire, et les pompiers se sont acharnés à leur tour contre la porte comme des fous qui voulaient tous entrer au même moment dans le trou d'une aiguille, et ils ont défoncé cette porte de merde qui leur en a quand même bien fait baver et chier, et ma femme a surgi de la chambre en rugissant, toutes griffes dehors, elle a bondi sur moi comme une tigresse qui protège ses petits de deux jours, elle m'a plaqué au sol parce qu'elle est plus balèze que moi et même que toi, Verre Cassé, c'est une vraie furie, ma femme, crois-moi, j'ai crié au secours, et les pompiers nous ont séparés, ils ont demandé ce qui se passait dans notre foyer, j'ai voulu parler en premier parce que c'est moi l'homme, et ma femme m'a giflé, elle m'a dit de fermer ma gueule de croqueur de jeunes filles de Rex, et elle a menti en prétendant que je ne devais plus traîner dans les parages du domicile conjugal parce que le juge aux affaires matrimoniales du quartier Trois-Cents m'avait fait expulser de la maison depuis des mois, et les pompiers m'ont traité de pauvre menteur, de pauvre mythomane, de pauvre fauteur de troubles, de pauvre type, et ils m'ont dit de dégager illico du domicile conjugal, "la loi est dure mais c'est la loi", ils ont dit comme ça, et moi j'ai refusé de sortir parce que je ne voyais pas où était la loi pour qu'elle soit dure contre moi, donc j'ai dit que c'était en plus moi qui payais la maison, c'était moi qui avais acheté la télé, les assiettes Duralex, que c'était en plus moi qui payais la nourriture, que c'était en plus moi qui payais les fournitures scolaires des enfants, que c'était en plus moi qui payais l'eau, que c'était en plus moi qui payais le courant et tout et tout, et ils ont alors appelé la police parce que normalement les pompiers n'ont pas de menottes avec eux, ils arrivent toujours avec des tuyaux, des brancards, de gros camions qui dérangent tout le monde pour une petite allumette suédoise craquée ici ou là, et c'est pas à eux d'envoyer les gens en prison, ils sont là pour éteindre les incendies et pour ranimer les faibles d'esprit, les suicidaires, les accidentés qui tombent dans les pommes, donc la police est arrivée aussitôt puisqu'elle est à moins de deux cents mètres de cette maison que je louais avec mon argent, et je te dis que ma femme a expliqué aux policiers que j'étais un dangereux, plus dangereux même que le célèbre assassin Angoualima qui coupait les têtes des gens et les exposait sur la Côte sauvage, et ma femme a dit que j'étais un repris de justice, un récidiviste, que j'étais un voleur, que j'étais un vendeur de chanvre indien, de cocaïne de Medellín, et elle a aussi dit que je ne dormais plus à la maison, que je ne me lavais plus, que je battais à mort nos enfants, que je ne payais plus les loyers, qu'on allait l'expulser de la maison, que je dormais chez les putes du quartier Rex, que je couchais avec elles sans mettre les vrais préservatifs venus d'Europe centrale parce que, d'après elle, les préservatifs venus du Nigeria sont pas bons, ils ont un trou devant, et ce trou permet à l'homme de tromper la femme, d'avoir du plaisir comme si y avait pas de préservatif, et la pauvre femme s'imagine que l'homme qui est sur elle a mis un préservatif alors que c'est un truc troué devant, tu vois ce que je veux dire, Verre Cassé, donc ma femme a dit que peut-être que j'étais même très très séropositif sans le savoir, que mon cas était grave parce que je maigrissais de façon bizarre, que mon visage ressemblait à une sole, que j'avais maintenant le crâne d'un Hottentot, que j'avais des diarrhées tous les jours, que je gémissais quand je pissais, que je vomissais, et elle a dit encore que mon salaire était géré par les filles du quartier Rex, que j'avais deux maîtresses qui pouvaient être mes petites-filles à moi ou les petites-filles de ces pompiers et de ces policiers présents à la maison, mon Dieu, et puis c'est comme ça que la situation s'est dégradée, elle s'est surtout dégradée lorsque ma femme a affirmé que je faisais des cochonneries à notre fille Amélie, que j'étais plus qu'un sorcier, un barbare, un homme des cavernes, elle a dit à ces gens qui étaient chez nous que je me levais la nuit pour toucher ma fille, lui faire ces cochonneries, ces malpropretés, et pour cela, elle a dit que je faisais boire à Amélie un somnifère pour qu'elle se rende pas compte de mes cochonneries, de mes malpropretés, mais dis-moi, Verre Cassé, est-ce que tu me vois faire ces choses-là, hein, est-ce que tu me vois, moi, souiller le vestiaire de l'enfance, est-ce que tu me vois, moi, arracher les bourgeons, est-ce que tu me vois, moi, tirer sur les enfants, c'est impossible, c'est quand même ma fille, Amélie, voyons, et j'étais tellement choqué que je n'ai rien répondu devant ces fausses accusations, et donc y avait parmi ces gens en uniforme un policier de nationalité féminine avec des muscles de pêcheur et les cheveux coupés court comme un policier normal, je veux dire comme un policier homme, et c'est ce policier de nationalité féminine qui m'a poussé contre le mur, elle m'a traité de salaud, de pédophile, de sadique, elle a dit que même mort elle me piétinerait, qu'elle irait cracher sur ma tombe, elle a dit que je ressemblais à un marin rejeté par la mer, que je devais savoir que chaque crime avait son châtiment, et ce policier de nationalité féminine a donc juré de me coffrer, elle a promis qu'elle ferait tout pour qu'il n'y ait pas de procès car ce serait me rendre un grand honneur que de me gratifier d'un procès, le procès c'est compliqué, et c'est elle qui m'a mis les menottes, et ses collègues m'ont donné des coups de pied de l'âne, des savates dans les couilles tandis que j'agonisais devant ces intrus, et je peux même te montrer les cicatrices, les traces qui ne sont plus parties depuis ce temps, donc j'ai commencé à vomir des pétales de sang, des pétales de sang gros comme des patates de Bobo Dioulasso, des pétales de sang gros comme le caca d'un dinosaure, et ces gens m'ont traîné jusqu'au commissariat principal du quartier, quand on a dit là-bas que j'étais pédophile, les autres policiers ont tous crié en chœur qu'il fallait m'emmener directement à Makala où on me ferait payer la moitié d'une vie, Makala c'est le lieu le plus redouté par les malfrats de cette ville, et on m'a emmené là-bas, je te jure, Verre Cassé, la situation était grave, donc là où je suis là, tu ne me croiras pas, j'ai passé plus de deux ans et demi à Makala, et deux ans et demi dans cette prison c'est pas de la blague »

je l'écoutais sans broncher, il avait les larmes aux yeux, il a bu un bon coup avant de reprendre son récit, « deux ans et demi à Makala, c'est long comme l'éternité, surtout lorsque les autres prisonniers sont informés que tu faisais des cochonneries à ta fille alors que ce n'était même pas vrai me concernant, simplement parce que je suis incapable de souiller le vestiaire de l'enfance, d'arracher les bourgeons, de tirer sur les enfants, je te jure, et j'ai malheureusement subi un calvaire, ce que j'ai vécu là-bas c'est plus que ce que vivent ceux qui vont en enfer, c'était terrible, insupportable, Verre Cassé, je ne sais pas comment j'ai fait pour tenir, imagine alors ces gardiens de prison qui laissaient les caïds des autres cellules me bourrer le derrière comme ça, me faire ce qu'ils appelaient *la traversée du milieu*, je te dis que c'est ce qui se passait, je te jure, et j'étais leur objet, leur jouet, leur poupée gonflable, je leur abandonnais mon petit corps que tu vois là devant toi, qu'est-ce que je pouvais faire, moi, je n'y pouvais rien, ils étaient nombreux, se disputaient leur tour, et quand je criais à cause de la fréquence de ces traversées du milieu les gardiens de Makala ricanaient, ils me demandaient de penser au mal que j'avais fait à Amélie alors que ce n'est même pas vrai, parce que je suis incapable de souiller le vestiaire de l'enfance, d'arracher les bourgeons, de tirer sur les enfants, et tous les jours on me traversait le milieu comme ça, on me prenait par derrière, je ne fermais plus l'œil, y avait sans cesse quelqu'un derrière moi, à me cravacher, à me traiter de sale pute, de chienne, d'ordure ménagère non

taxée, de légume du marché de Tipotipo, de cancre-
lat, de méduse, de phalène, de fruit pourri de l'arbre à
pain, ils m'ont traité de tout ça, et parfois même un
des gardiens de Makala prenait en personne la direction de la traversée du milieu, c'était un jeune ner-
veux qui m'avait dit qu'il n'avait jamais fait ça à
quelqu'un, à un homme, qu'il n'était pas pédé, mais
qu'il le faisait juste pour me faire payer les saloperies
que j'avais faites à Amélie alors même que ce n'était
pas vrai, et c'était lui qui me cravachait pendant qu'il
pilonnait mon arrière-pays par des coups de reins de
routier, je te dis qu'il était membré comme un King
Kong, et donc tu vois que ces gens de Makala ont tout
bousillé en moi, je te jure, je peux te montrer mon
derrière, même tes deux mains rassemblées peuvent
entrer sans problème, je ne te mens pas, je n'ai pas eu
droit à un procès dans ce pays de merde »

après qu'il a eu terminé de me raconter sa vie, le
type aux Pampers a soulevé son verre pour me dire
« tchao », il a bu d'un trait, il s'est resservi tout de suite,
puis il a bu de nouveau d'un trait et s'est enfin levé en
disant « bien, bien, bien », j'ai alors pu voir de près son
derrière bombé par les quatre couches épaisses de
Pampers qui se superposaient, un derrière humide, y
avait des mouches qui bourdonnaient autour, et il a

cru bon de me préciser «ne t'en fais pas pour les mouches, c'est toujours comme ça, Verre Cassé, les mouches sont devenues mes amies les plus fidèles, je ne les chasse même plus parce qu'elles finissent par me retrouver où que je sois, j'ai l'impression que ce sont les mêmes mouches qui me traquent», et il m'a redit pour de bon «tchao» de la tête, et j'ai aussi dit pour de bon «tchao» de la tête, et il est parti mendier dans les rues du quartier tandis que je le regardais disparaître à l'horizon, je me suis dit qu'un de ces jours il va finir par péter les plombs, qu'il viendra me demander «dis-moi qui tuer», bien sûr que je ne cautionnerai pas un tel projet, je ne serai jamais un complice de meurtrier, moi, le meurtre c'est une autre réalité, je ne sais pas comment les gens font pour tuer, la vie est une chose essentielle, ma mère me l'avait souvent répété, et même si elle est morte depuis, je ne m'écarterais pas de cette ligne de conduite, alors si les idées d'un crime traversent l'esprit du type aux Pampers, il n'a qu'à commettre son coup lui-même j'ai rencontré L'Imprimeur comme je rencontre souvent la plupart des nouveaux personnages de ce bar, ils sortent de je ne sais où, et les voilà devant moi, les larmes aux yeux, la voix chevrotante, et ce type, je veux dire L'Imprimeur, il me cherchait pour me parler depuis le premier jour où il avait mis ses pieds plats au *Crédit a voyagé*, il avait vraiment envie de parler, de me parler à moi, pas à une autre personne, et il criait alors « je veux parler, je veux te parler, c'est toi qu'on appelle Verre Cassé ici, hein, je veux te parler, j'ai beaucoup de choses à te dire, laisse-moi me mettre à ta table et commander une bouteille », moi je jouais à celui qui semblait ne pas s'intéresser à son histoire, les histoires j'en ai entendu, et ce n'est pas d'un seul cahier dont j'aurais besoin pour les rapporter, il me faudrait plusieurs tomes pour parler de ces rois maudits, donc L'Imprimeur exprimait son impatience, je continuais à fixer mon verre de rouge comme un philosophe se demandant ce qu'un liquide pouvait tramer dans sa profondeur mystérieuse, et s'il y a un secret que je pourrais livrer ici c'est que, pour faire parler les gens, il faut jouer la distance, l'indifférence, en un mot le désintérêt, y a pas mieux que ce stratagème vieux comme le monde pour déclencher les choses, et là ces gens en quête de confession sont un peu froissés, eux qui étaient persuadés que leur histoire était la plus extraordinaire de la terre, la plus biscornue, la plus surprenante, la plus rebondissante, ils veulent vous démontrer que celle qu'ils ont à vous raconter est aussi grave et sérieuse que la peine capitale, «pourquoi me parler à moi», j'ai fait semblant de m'étonner alors que je voulais bien l'écouter, et il a répondu «parce qu'on m'a dit que tu es un type bien», et j'ai ri, j'ai ensuite soulevé mon verre de rouge et avalé une gorgée, «et qu'est-ce qu'ils t'ont dit me concernant», j'ai demandé à L'Imprimeur, «c'est toi le doyen de ces gens-là qui nous entourent ici», et j'ai encore ri avant d'affirmer «si la sagesse se mesurait par la longueur de la barbe, les boucs seraient des philosophes», L'Imprimeur m'a regardé avec de gros yeux, il s'est presque recroquevillé pour me dire «Verre Cassé, c'est quoi cette façon de me parler, je cherche quelqu'un qui puisse me comprendre, et qu'est-ce que les histoires de boucs et de philosophes viennent foutre ici, je m'en moque, moi», je lui ai dit de se calmer, que je ne me moquais pas de lui, et j'ai ajouté «ils ont dû te dire aussi autre chose, non, ces gens qui t'ont parlé de moi», il a acquiescé de la tête «oui, on m'a dit que tu as vu la première brique de ce bar, on m'a dit aussi que L'Escargot entêté est ton ami personnel, qu'il t'écoute», j'ai souri, flatté par ces bonnes paroles, c'est des paroles comme celles-là que j'aime entendre, ce type devenait intéressant, «et puis quoi encore, ce n'est pas tout ce qu'on t'a dit quand même», il s'est mis a réfléchir, le regard vers le ciel, «il paraît même que tu écris quelque chose sur les types bien de ce bar, tu écris ça dans un cahier, ça doit être ce cahier-là qui est à côté de toi, n'est-ce pas», je n'ai pas répondu, j'ai posé une main sur la page du cahier parce que le type tentait de lire mes gribouillis, j'aime pas ça, et je me suis servi un autre verre de rouge après avoir bien secoué la bouteille, j'ai bu d'un trait avant de lui demander «alors qu'est-ce que tu veux, toi», il a soudain élevé la voix «je veux aussi ma place dans ton cahier parce que tu vas rendre certains cons célèbres alors que de tous les gens qui sont ici, c'est moi le plus intéressant», quel prétentieux, ce type, pour qui se prenait-il alors, «calme-toi, calme-toi mon gars, et qu'est-ce qui dit que tu es le plus intéres-sant ici, franchement c'est une affirmation gratuite, donne-moi une seule, mais une seule raison de croire que tu es l'homme le plus intéressant de tous ceux qui nous entourent ici », et il a répondu, sans prendre le temps de la réflexion, « je suis le plus important de ces gars parce que j'ai fait la France, et c'est pas donné à tout le monde, crois-moi », et il a dit ça avec un ton naturel qui ne laissait pas de place à la contradiction, la France était pour lui l'unité de mesure, le sommet de la reconnaissance, y mettre les pieds c'était s'élever au rang de ceux qui ont toujours raison, qu'est-ce que je pouvais lui objecter après de tels propos, j'ai eu beau chercher un argument de contre-attaque, je n'ai rien trouvé, j'ai donc capitulé « alors, assois-toi mon gars, on va voir ça de près », et il s'est assis à ma table, et le voilà donc qui a rempli le verre vide qu'il venait de prendre à la table voisine, et le voilà donc qui a bu un coup, et le voilà donc qui s'est raclé la gorge trois fois avant de me menacer « je te dis, Verre Cassé, si tu ne me mets pas dans ton cahier, ça vaudra rien ce truc, mais rien du tout, et je te dis qu'on peut même faire un film avec ma vie », il s'est enfin calmé, y a eu un long silence où l'on entendait les anges dissipés voler au-dessus de nos têtes, moi je le fixais toujours, « bon, je commence par où, hein, je commence par quoi » a-t-il demandé d'un air de résignation, je n'ai rien dit, et il a enchaîné « à vrai dire, je ne hais pas les Français et les Françaises, mais je hais une Française et une seule, je te jure », ça commençait bien avec ce genre de déclarations, je suis resté plus que jamais silencieux, je voulais qu'il accouche maintenant sous la pression de mes yeux posés sur lui, et il a sorti sa grande artillerie « la France, ah la France, ne m'en parle même plus Verre Cassé, j'ai envie de vomir », il a craché par terre, ses traits du visage se sont durcis comme un gorille qui aperçoit un braconnier traverser son territoire, « bon, je vais commencer par le début, mais écoute-moi bien parce que ce que je vais te raconter est très important, prends note, prends bien note, je veux te voir écrire quand je parle, et tu verras comment il ne faut jamais faire confiance aux gens, c'est un conseil d'ami, Verre Cassé », il avait vraiment l'art de faire durer les choses, j'avais envie de lui dire d'aller droit au but au lieu de tourner en rond dans la surface de réparation, et pendant que je griffonnais quelques-uns de ses premiers mots, il a dit « en fait je vais te parler d'une femme, tu vas voir comment elle m'a tué, comment elle m'a ruiné, comment elle m'a réduit en déchet non recyclable, je te jure, Verre Cassé », je me suis rapproché de lui, il a reculé de quelques centimètres comme pour garder une distance dont je ne voyais pas l'intérêt, et il a dit « Verre Cassé, il ne faut pas badiner avec la femme blanche, je te dis que si tu croises une Blanche un jour, passe ton chemin, ne la regarde pas, ne la regarde surtout pas, elle est capable de tout, je ne sais même pas comment

je me suis retrouvé du jour au lendemain ici au pays
alors que ma vraie place c'est l'Europe, c'est la France,
et voilà que je passe mon temps entre ce bar et le sable
de la Côte sauvage », il a avalé une gorgée de rouge,
s'est mouché à mains nues avant de poursuivre, « en
vérité, si aujourd'hui je bois comme je bois maintenant, c'est bien à cause de cette sorcière blanche, elle
m'a vidé de tout mon sang, crois-moi, Verre Cassé,
j'étais un homme bien, je ne sais pas si tu sais ce que
ça veut dire être un homme bien en France, toi, mais
j'étais un homme qui gagnait sa vie, un homme qui
payait à temps ses impôts sur le revenu, un homme
qui avait un compte épargne à la Poste, un homme
qui avait même des actions à la Bourse de Paris, un
homme qui voulait toucher sa retraite en France
parce que les retraites de notre pays là c'est la merde
totale, la débandade, la faillite, on n'a pas confiance,
ça tombe par hasard comme au Loto, et il faut avoir
des filons bien placés au ministère, y a même des
fonctionnaires de ce pays qui font le commerce sur
les retraites des pauvres gens qui ont travaillé toute
leur vie, mais je te dis que je n'étais pas n'importe qui
dans la communauté black là-bas en France, on me
connaissait, je te dis, j'étais un bosseur, un vrai bosseur, pas un fainéant comme certains immigrés qui
attendent dans le hall de leur immeuble que le facteur
vienne leur livrer le chèque de la Caisse des alloca-

tions familiales, j'avais pas besoin de ces conneries, moi qui te parle en ce moment, je travaillais dans une grande imprimerie de la banlieue parisienne, et même que je dirigeais une équipe, et même que c'est moi qui embauchais les gens parce que je savais distinguer les paresseux des vrais bosseurs, et même que j'embauchais pas que les Nègres parce que, entre nous soit dit, Verre Cassé, y a pas que les Nègres dans la vie, merde alors, y a aussi les autres races, les Nègres n'ont pas le monopole de la misère, du chômage, j'embauchais aussi des Blancs misérables, chômeurs, des Jaunes et tout et tout, je les mélangeais, c'est pour te dire que je n'étais pas n'importe qui et que c'est pas n'importe quels Nègres qui pouvaient embaucher comme ça les Blancs qui les ont quand même colonisés, christianisés, foutus dans les cales des navires, flagellés, piétinés, des Blancs qui ont brûlé leurs dieux, des Blancs qui ont anéanti leurs rebelles, rasé leurs empires, j'embauchais donc les Blancs, les Jaunes et tout et tout, et je les mélangeais avec les autres damnés de la Terre, donc des Nègres comme moi, on se comptait sur le bout des doigts d'un gars victime de la fatwa, tu peux vérifier, on te dira ça, et donc j'avais un bon travail, un travail bien rémunéré, je te jure, on imprimait *Paris-Match*, *VSD*, *Voici*, *Le Figaro*, *Les Échos*, j'étais un homme bien, je m'étais marié avec Céline, une Vendéenne bien foutue du derrière comme une vraie Négresse du pays, et Céline était secrétaire de direction dans un laboratoire pharmaceutique à Colombes», à ce stade de sa confession, je me demandais si L'Imprimeur ne me bluffait pas, mais vu l'assurance avec laquelle il me parlait, je ne pouvais que le croire, et il a enchaîné «disons que j'avais croisé Céline au *Timis*, c'est une boîte de nuit black très connue et qui se situe vers Pigalle là-bas, dans le XVIIIe arrondissement de Paris, je ne sais pas ce qu'elle foutait au milieu de cette forêt de Nègres en rut et sans manières même si on dénombrait quelques autres Blanches dedans, mais ces autres Blanches se coltinaient des fesses si plates qu'on pouvait repasser sa chemise dessus, or Céline m'avait flashé avec son derrière, sa taille, ses deux énormes pastèques greffées à la poitrine au point que les cavaliers redoutaient de s'avancer vers elle, et moi je me suis avancé droit comme un militaire fraîchement galonné, j'ai franchi le Rubicon en me murmurant *"alea jacta est"*, et sans l'ombre d'une hésitation j'ai foncé en priant que tout marche à merveille car le plus dur pour un cavalier à la quête d'une cavalière c'est d'être refoulé en plein milieu de la piste de danse devant des concurrents qui se plient en quatre de rire, or, Dieu merci, j'étais bien habillé, je portais une chemise de cérémonie Christian Dior que j'avais achetée à la rue du Faubourg-Saint-Honoré, un blazer Yves Saint Laurent que j'avais acheté à la rue Matignon, des chaussures Weston en lézard que j'avais achetées vers la place de la Madeleine, et j'étais bien parfumé avec *Le Mâle* de Jean-Paul Gautier que j'avais mélangé avec du *Lolita Lempicka* pour homme, et je ne te dis pas comment était ma coupe de cheveux, on aurait cru un acteur noir américain dans ses beaux jours, du genre Sidney Poitier, c'est dire que j'étais bien, que j'étais clean, et alors j'ai tendu la main vers la cavalière assise sur un pouf en velours et qui terminait une cigarette aussi fine et longue qu'une brindille de balai, et la fille s'est levée aussitôt comme si elle attendait cet instant, mon cœur a commencé à faire des bonds, des cabrioles, je n'y croyais pas, et j'ai vu la déception dans les regards des autres concurrents qui avaient perdu tout d'un coup l'occasion de rigoler, ils ne savaient pas ce que voulait dire le fair-play, je me suis dit qu'il fallait que je me donne à fond, que je danse comme je n'avais jamais dansé, que je laisse à cette fille une impression inoubliable de sorte que ce soit elle qui puisse me solliciter pour les morceaux à venir, et nous avons bien dansé ce soir-là, et puis tu vas pas me croire, Verre Cassé, la fille est venue chez moi, sans discussion, sans les polémiques du genre "tu sais, on vient à peine de se rencontrer, moi j'ai besoin de temps, il faut qu'on se connaisse, je ne suis pas une des ces filles qui écartent les jambes dès le premier soir, je voudrais qu'on discute, qu'on boive un café, qu'on se fréquente d'abord, et puis on verra", non, elle n'a pas dit ça, elle a accepté de venir chez moi sans me sortir le français de la Sorbonne, et moi j'étais dans ma Renault 19 tandis qu'elle me suivait dans sa Toyota, et donc arrivés chez moi, nous avons garé nos voitures devant l'immeuble, nous nous embrassions dans le couloir, dans l'ascenseur, sur le palier, devant ma porte que je n'arrivais plus à ouvrir parce que j'étais quand même ivre mort, et je ne suis pas allé par quatre chemins, nous nous sommes écroulés sur ma moquette, et là j'ai assuré le boulot comme tu peux pas imaginer, je l'ai travaillée dans tous les sens, sous toutes les hautes coutures, l'aube nous a surpris enlacés, nous étions un peu confus parce que les choses étaient allées trop vite, mais que veux-tu, c'était tellement bon que la confusion s'est dissipée d'elle-même, et Céline est repartie en répétant qu'elle avait passé une belle soirée, la plus belle soirée de sa vie, que j'étais un type bien, elle a pris mon numéro de téléphone, j'ai pris le sien, et comme les jours ne s'en vont pas longtemps, nous nous téléphonions régulièrement pendant des heures et des heures, nous nous donnions les dernières nouvelles de la nuit, nous nous disions des tonnes de conneries, des choses idiotes qui sortent de la bouche des amoureux lorsque l'amour est encore à ses débuts, donc fallait que je lui dise que je l'aimais, fallait que je ne cache pas mes sentiments, fallait que je les exprime sans tabous, me disait-elle, et c'est là que j'ai vraiment appris à dire pour la première fois à une femme que je l'aimais, et tu sais bien qu'ici au pays c'est pas des choses à dire au risque de passer pour un gars faible, ici on tire son coup la nuit et on se dispense de cette littérature à l'eau de rose, mais en France c'est une autre histoire, il faut pas déconner avec les sentiments, on ne badine pas avec l'amour, et très vite je lui ai fait cette demande en mariage qu'elle attendait depuis le premier jour de notre rencontre, elle prétendait que son instinct lui avait soufflé que j'étais l'homme avec qui elle allait passer le reste de ses jours, c'était comme si Dieu nous avait dit de nous unir, et Céline a convaincu très vite ses parents qui ne sont pas racistes parce qu'ils votaient toujours pour le Parti communiste aux municipales et aux régionales, ou pour les Verts lors des présidentielles, et alors nous sommes allés les voir dans un coin de la Vendée appelé Noirmoutier, une île avec un pont qui la relie au continent, et les parents de Céline ont dit que j'étais un jeune homme distingué, intelligent, fin, ambitieux, respectueux des valeurs républicaines, moi j'étais content d'entendre la description de mes nobles qualités, ils ont admiré mon habillement, c'est normal parce que c'était quand même un costume

Francesco Smalto taillé sur mesure, et ils ont dit aussi qu'ils aimaient l'Afrique profonde, l'Afrique authentique, l'Afrique mystérieuse, la brousse, la terre rouge, les animaux sauvages qui gambadent dans de vastes espaces, ils ont ajouté que c'étaient les imbéciles qui croyaient que l'Afrique noire était mal partie ou que l'Afrique refusait le développement, et ils se sont excusés des erreurs de l'Histoire, notamment de la traite négrière, de la colonisation, des heurts des indépendances et toutes les conneries de ce genre dont certains Nègres intégristes ont fait leur principal fonds de commerce, moi j'avais pas voulu me lancer dans ces débats poussiéreux, je leur ai fait comprendre que les trucs du passé c'était pas mon affaire, que moi j'étais un homme qui avait le regard rivé vers l'horizon et que cet horizon n'était pas incendié, je leur ai dit que je regardais vers l'avenir, j'ai alors commencé à leur parler du Congo, et ils m'ont demandé de quel Congo j'étais natif, le père a demandé si c'était le Congo belge, la mère a demandé si c'était le Congo français, et j'ai dit que n'y avait plus de Congo belge de nos jours, et j'ai dit que n'y avait plus de Congo français de nos jours, j'ai expliqué que j'étais natif de la République du Congo, c'est- à-dire le plus petit des deux Congo, et le père s'est écrié "bien sûr qu'il est du tout petit Congo, notre belle et prestigieuse ancienne colonie, le général de Gaulle a même décrété Brazzaville capitale de la France libre pendant l'Occupation, ah le Congo, oui, une terre de rêve, de liberté, d'ailleurs c'est dans ce pays qu'on parle le mieux notre langue, mieux même qu'en France, je vous dis", et la mère de Céline, un peu gênée, a reproché à son époux d'avoir utilisé le mot "colonie" pour parler de mon pays, elle a dit "voyons Joseph, le mot *colonie* ne convient pas, tu le sais pourtant", et le père a dit que ce mot lui avait échappé et qu'il voulait plutôt dire *territoire*, et la mère a dit que "colonie" et "territoire" c'était bonnet blanc et blanc bonnet, et Céline s'est emportée, elle a rappelé qu'on n'était pas là pour discuter de la couleur des bonnets, de géographie ou d'histoire, et le père Joseph a dit "bon, ça vaut bien une bonne bouteille de bordeaux, n'est-ce pas", et il a ouvert un bordeaux, et nous avons bu, Céline et moi avions profité de cette atmosphère détendue pour annoncer notre mariage imminent, et le papa, pris de court, a failli avaler son vin de travers, il a dit "vous les jeunes d'aujourd'hui, vous n'y allez pas de main morte, hein, nous de notre temps on devait long-temps languir, tourner autour de la famille, c'est un mariage TGV que vous voulez ou quoi", et la mère de Céline a fait du pied à son mari avant de dire "quand on s'aime, on s'aime, tu le sais pourtant, Joseph", et ils ont malgré tout donné leur bénédiction parce que, de toute façon, Céline ne leur aurait pas laissé le choix de dire non, c'était à prendre ou à laisser, et ses parents sont venus à Paris pour cet événement, on était moins d'une cinquantaine dans une petite salle des fêtes de Châtenay-Malabry, y avait des amis de Céline, y avait mes collègues de travail et quelques-unes de mes connaissances, la plupart étaient des Sapeurs, et quand je dis « Sapeurs », mon cher Verre Cassé, il ne faut pas les confondre avec les gars qui éteignent les incendies, non, les Sapeurs c'est des gars du milieu black à Paris et qui font partie de la SAPE, la Société des ambianceurs et des personnes élégantes, et parmi ces Sapeurs y avait ce jour-là des gars influents comme Djo Ballard, Le Docteur Limane, Michel Macchabée, Moulé Moulé, Moki, Benos, Préfet et bien d'autres types »

« j'espère que tu notes bien ce que je te raconte depuis un moment, hein, donc je disais qu'on s'était mariés, nous avions maintenant devant nous la vie, nous devions la tracer, lui donner une direction, et comme nous avions tous les deux un bon boulot, nous avons tout de suite acheté à crédit une grande maison, un pavillon bien comme il faut, on était peinards dans une banlieue, à une demi-heure de Paris, parce que nous voulions vivre heureux, nous voulions surtout vivre loin des Nègres, je ne suis pas raciste, mais sache quand même que le pire ennemi des couples mixtes c'est pas toujours le Blanc du palier, c'est le plus souvent le Nègre, je te répète que je ne suis pas raciste, Verre Cassé, je dis les choses comme elles sont et tant pis pour les jugements moraux de ceux qui ne sont pas d'accord avec moi, je les emmerde, et c'est pas pour autant que j'écrirais une lettre à la France nègre afin de blâmer qui que ce soit, en fait les autres Nègres qui te voient avec une Blanche pensent qu'ils peuvent aussi la culbuter parce que, se disent-ils, si une Blanche normale et saine d'esprit s'est bien tapée un gorille du Congo, elle pourrait aussi bien se taper tout le parc zoologique, voire toute la réserve, tu comprends ce que je veux dire, hein, bon passons, je suis pas là pour enfoncer la race qui n'a pas fini de panser ses plaies, cette race est ce qu'elle est, toujours est-il que Céline et moi voulions vivre à l'écart de la clameur parisienne et de la jalousie des Nègres et de leur comédie classique, nous nous disions que pour vivre heureux il fallait vivre caché, je te dis que c'était une belle vie, une vie en rose, avec nos deux filles, des jumelles qui sont nées deux ans après notre mariage, des métisses aux yeux clairs, je te dis, y avait pas meilleure vie que la nôtre, un couple modèle alors que les mauvaises langues black de Paris professaient souvent que les couples en noir et blanc ça marche jamais longtemps, qu'on n'a jamais vu le mari et la femme avoir des cheveux blancs ensemble, que pour que ça marche, fallait que le Noir ne soit plus noir, qu'il change, qu'il vire de bord, qu'il fasse des concessions, qu'il renie les siens trois fois avant le chant matinal du coq, qu'il fuie sa famille trop dépendante, bref, qu'il ait la peau noire et porte un masque blanc, or, Verre Cassé, notre mariage tenait le coup, je ne voyais pas ce qui pouvait nous perturber, je n'avais pas besoin de porter un masque blanc pour cacher ma peau noire, j'étais moi-même fier d'être un Noir, je le suis toujours et je le serai jusqu'à ma mort, je suis fier de ma culture nègre, tu vois ce que je veux dire, hein, c'est pourquoi Céline me respectait, tout allait bien, j'étais un bon père de famille, c'est dire que le ciel était bleu avec des oiseaux aux plumes multicolores qui venaient se poser sur les arbres bordant notre maison que j'avais peinte en vert, une couleur que j'aime beaucoup, c'est pour cela que les voisins l'appelaient souvent "la maison verte", tout baignait donc pour nous, Verre Cassé, et quand un ciel est trop bleu comme ça, faut te dire que quelque chose pourrait un jour venir le ternir, trop de soleil tue l'amour, c'était ce que j'allais apprendre à mes dépens»

«et puis un jour notre beau ciel bleu s'est assombri, les petits oiseaux aux plumes multicolores sont partis sans nous dire adieu, et ils ne sont plus revenus le lendemain annoncer l'aube comme d'habitude, et les oiseaux de malheur les ont remplacés avec des ailes lourdes, ils ont croassé, ils ont piqué de leur bec racorni le tronc d'arbre de notre union si bien enraci-née, et c'est à cette époque-là qu'a resurgi cette his-toire avec mon premier fils que j'avais eu avec une Antillaise quand j'étais arrivé en France et que j'étais encore étudiant au Centre national des arts et métiers, le CNAM, cette Antillaise me menaçait maintenant de procès parce que je n'avais pas payé quatre années de pension alimentaire et tout le bazar, j'ai contre-attaqué avec la fougue d'un taureau qui veut écourter le spectacle qu'attendent de lui les aficionados, j'ai pris une bonne avocate qui a démontré que c'était cette Antillaise qui m'empêchait d'assurer mes obli-gations de père, j'ai obtenu que mon fils vienne vivre avec nous parce que je voulais aussi assurer son édu-cation moi-même, lui donner un avenir, y avait de la place dans notre maison verte, Céline était d'accord avec moi, elle m'avait beaucoup encouragé, elle a dit que mon sang était mon sang, que je ne devais pas laisser traîner ma progéniture comme un père inconscient, je suis allé dans ce sens, et mon fils est venu habiter avec nous, mais malheureusement il a commencé à s'accointer avec les jeunes voyous du quartier, j'ai tout fait pour le remettre sur le droit chemin, impossible, il haussait la voix, se moquait quant au riche avenir que je lui promettais, il voulait lever sa main sur moi, tu te rends compte, et moi je ne comprenais plus dans quel monde on était, je me demandais depuis quand un enfant pouvait se battre avec son père, mais je savais bien qu'il me méprisait, je le ressentais parce qu'il n'avait jamais accepté que je me sépare de sa mère, que j'épouse Céline, une Blanche en plus, alors il me traitait de vendu, d'assimilé, de Nègre Banania, de complexé, d'esclave de la chair blanche et des pieds de cochon, c'était un peu l'enfer, mais c'était mon fils, et puis ce qui m'énervait à mort c'est quand il venait m'apprendre qu'il avait croisé Céline avec les Africains du coin, qu'un d'eux qui s'appelait Ferdinand était l'amant de ma femme, là je n'étais pas du tout content, mais vraiment pas du tout, je prenais cela pour une simple provocation de sa part parce que Céline ne pouvait pas oser me faire de tels trucs, elle savait ce que je pensais des autres Nègres tout en n'étant pas raciste, je tiens à te le préciser, et donc, mon fils n'était qu'un menteur de la première espèce, me disais-je, et je n'y accordais pas d'importance, je mettais cela sur le compte des petites crises qu'il me faisait d'habitude, et je ne cherchais pas à vérifier ce qui à mes yeux n'était que des menteries, c'est vrai que je ne menais pas la vie dure à Céline, et je la laissais donc vaquer à ses occupations parce que la Blanche, faut pas toucher à sa liberté d'aller et de venir, c'est très important pour elle, je n'insistais plus comme dans les premiers temps de notre mariage, je la laissais aller voir ses amies, et parfois c'est moi qui gardais les enfants lorsque j'étais de repos, on s'arrangeait comme ça, suis-moi bien, Verre Cassé, c'est là que ça devient intéressant, et donc un jour mon sang n'a fait qu'un tour quand j'ai découvert dans les toilettes de notre maison verte une capote qui flottait, une grosse capote d'au moins deux fois la taille de mon propre sexe qui est quand même énorme, je peux te le montrer si tu veux, donc je me suis dit que c'était mon fils qui avait emmené une traînée blanche ou noire du quartier à la maison alors que je l'avais mis en garde à ce sujet même s'il avait déjà dix-huit ans, dis-moi comment la chose se serait passée s'il avait engrossé une fille, hein, avec quel argent il aurait pu s'occuper de ce pauvre enfant, hein, ce sont des questions comme ça qui me venaient à l'esprit, je ne pouvais pas m'imaginer mon fils en train de chevaucher une nana, c'était pas possible, je ne l'avais jamais vu tourner autour d'une fille, je me demandais même s'il n'était pas un attardé côté sexe, mais faut jamais jurer de rien, faut jamais penser qu'un enfant tranquille n'est pas capable du pire, et puis je me disais aussi que c'était quand même me manquer de respect que de venir concrétiser ses plus basses conneries à la maison, tu vois le problème, Verre Cassé, et, alors que je réfléchissais avec dans la tête l'image de cette énorme capote, c'était comme une image de peinture surréaliste, d'autres idées bizarres ont commencé à me hanter, à m'empêcher de fermer l'œil la nuit, je me suis dit que quelqu'un d'autre était peut-être venu à la maison, pourquoi pas un amant de Céline, pourquoi pas cet Africain du coin, le Ferdinand dont me parlait mon fils, et la rage était en moi, et je voyais tout tomber à mes pieds, le bonheur m'échapper, je ne comprenais pas qu'un diable vienne foutre sa pagaille dans mon jardin paradisiaque, j'étais capable de tout, et j'ai pensé au meurtre avec un couteau, avec un tournevis, avec une hache, avec un marteau, et je ne regardais plus Céline de la même manière, elle me paraissait sale, avilie, impure, félonne, je devais la tuer avec son amant, c'était sans doute elle qui avait allumé le Ferdinand en question en agitant son derrière de manière obscène, je devais les tuer au même moment en leur tendant une embuscade, c'est facile d'attraper une femme blanche qui vous trompe avec un Nègre, il suffit de lui dire du mal de l'Afrique et des Nègres, il suffit de lui dire que les Nègres crèvent de faim, sont des paresseux, font des guerres ethniques, s'expliquent à coups de machettes, vivent dans des huttes, et la femme blanche se démasquera d'elle-même, mais je me suis dit que c'était pas une bonne idée de discuter de ça avec elle, je passerais pour un raciste quelle que soit ma justification, et d'ailleurs je n'avais aucune preuve, et j'ai laissé passer l'incident, et la vie a repris son cours, je m'en voulais d'avoir été si parano, il n'y avait pas le feu à la maison, cependant je ne m'expliquais toujours pas la présence d'une capote chez moi, et comme Dieu ne dort jamais des deux yeux, quelques semaines après cette fausse accalmie à la maison, j'ai encore découvert une grosse capote Manix qui flottait dans le bidet parce que le problème avec les capotes, c'est qu'on croit les envoyer au fond des toilettes en tirant la chasse d'eau, et qu'elles ressortent après, et donc je me suis dit que je n'allais plus laisser passer ça cette fois-ci parce que je ne suis pas un con quand même, je n'allais pas donner le feu vert, je n'allais pas céder la priorité aux Africains pour qu'ils viennent labourer ma femme sur mon propre baisodrome, j'ai décidé de passer à l'action directe, quitte à tout casser, et donc j'allais mener mon enquête comme un vrai détective, c'était pas une capote Manix qui allait me pourrir la vie entière, je devais enquêter, comprendre ce qui se passait à la maison quand je n'étais pas là, c'est ce que je m'étais dit, et un jour, c'était un lundi, un lundi de grisaille, j'ai dit à Céline que j'allais au travail, que j'allais rentrer très tard à cause d'un nouveau magazine qui devait être lancé dans les vingt-quatre heures, elle a gobé mon histoire parce que je ne lui ai jamais menti, au grand jamais, j'ai toujours été franc avec elle, et je suis sorti, j'ai pris la voiture, j'ai traîné pendant une heure au centre-ville à boire du café amer, à fumer comme un pompier, j'ai appelé à mon travail, j'ai prétexté que je prenais ma journée pour une affaire familiale très grave, et je buvais du café comme de l'eau, j'ai même pris une demi-bouteille de gin parce qu'il fallait que je sois dans un autre monde au moment où je surprendrais Céline avec ce Ferdinand si hardi qu'il venait troubler mon breuvage, et dans ce petit bar, le film de notre rencontre se déroulait dans mes pensées, je revoyais Céline le soir de notre rencontre au *Timis*, je la revoyais en sueur, m'embrasser, je nous revoyais faire l'amour dans l'ascenseur, sur la moquette, je l'entendais hurler de plaisir, et, soudain, de rage, j'ai frappé un coup de poing sur le volant, le Klaxon s'est déclenché, je me suis dit en me mordillant la lèvre inférieure "et si elle hurlait aussi de plaisir avec Ferdinand pendant qu'ils faisaient l'amour, hein", je me suis dit encore "au fond, je ne suis qu'un pauvre connard, jusqu'alors j'avais toujours cru qu'il n'y avait que moi qui pouvais la catapulter vers le septième ciel, qu'il n'y avait que moi qui pouvais la faire chialer de cette manière, or y a un salaud de cousin nègre sur le coup, et peut-être que ce salaud de cousin

nègre est plus fort que moi et la fait arriver au hui-
tième, voire au neuvième ciel, mais c'est ce qu'on
va voir ce soir", et je suis arrivé dans notre quartier
avec ces idées noires dans la tête, je me suis garé à
quelques blocs de maisons de chez moi, j'ai prié
quelques secondes, il était à peu près 18 heures, j'ai
marché pendant quelques minutes, la maison verte
était désormais à quelques pas, je suis passé par la
cour du fond, et donc, comme j'avais trop bu, je suis
entré difficilement à pas de chat pour parvenir devant
notre chambre à coucher, j'étais maladroit, mais peu
importe, j'avançais, j'ai vu que la porte était entrou-
verte, je l'ai poussée, n'y avait personne à l'intérieur,
alors j'ai longé le couloir principal qui traverse la salle
à manger, j'ai atteint la chambre de mon fils aîné,
mon cœur battait très fort, d'un côté je voulais savoir
la vérité, de l'autre j'avais peur de ce que j'allais
découvrir, et j'ai entendu un remue-ménage venant
de l'intérieur de cette chambre, des rires, puis des
grincements de lit, puis des gémissements, des coups
de cravache, et donc j'ai pris de l'élan, et la porte a cédé
comme elle aurait cédé dans les films de Columbo et
Maigret, et là, Verre Cassé, tu ne vas pas me croire, j'ai
vu Céline et mon fils dans le lit, ils étaient enlacés
dans la position du pauvre Christ de Bomba, mais
c'est Céline qui était sur mon fils et elle tenait une
cravache, et ils suaient, les draps par terre, mais je te

jure, Verre Cassé, j'ai poussé sur-le-champ le cri des oiseaux fous, yaaaaaaaaahhhhhhhhh, je ne savais plus que faire, je tremblais debout, je voyais le monde tomber à mes pieds, et puis j'ai bondi sur mon fils, et puis je l'ai plaqué au sol afin de l'égorger, mais il m'a retourné, il m'a envoyé un coup de poing dans l'abdomen, j'ai essayé de me relever, Céline qui criait de l'autre côté de la chambre est venue lui prêter mainforte, et puis les deux m'ont poussé contre le mur, j'étais trop ivre pour mener une bataille rangée face à deux adversaires unis par la complicité de la chair et du péché originel, et mon fils s'est mis à bien me frapper avec la cravache qu'ils utilisaient pour leurs cochonneries, et puis y a eu des coups de poing dans le ventre, sur le crâne, partout, je te dis, Verre Cassé, et là je suis tombé dans les pommes, ils ont appelé la police, ils ont dit à la police que j'étais devenu fou, et mes deux filles qui jouaient dans l'arrière-cour pleuraient, Verre Cassé, je te jure que quand je me suis réveillé le lendemain, je n'ai rien compris, j'étais dans une maison de fous, un asile, oui un asile où le temps passait lentement, où les gens habillés en blouse blanche nous entouraient nuit et jour, on me promenait dans un fauteuil roulant comme un australopithèque, et ils m'avaient rasé la tête tandis que mes mains étaient liées parce qu'ils craignaient que je casse tout au passage, et les autres fous se payaient ma tête en disant "eh les gars, venez écouter l'histoire du fou, venez voir ce type-là qui crie tous les jours et qui croit que son gamin tire sa femme, ah, ah, ah, lui il est vraiment fou", et on m'avait mis dans le coin des fous dangereux qui passent leur journée à crier, et j'ai aussi commencé à crier parce que dans ce coin de fous dangereux on doit crier sinon les autres fous vous tabassent, j'ai expliqué que je n'étais pas fou, que mon fils aîné labourait ma femme, qu'il fréquentait le même Pays-Bas que moi, que j'ai surpris ma femme et mon fils nus, nus comme des vers de terre, l'un sur l'autre, dans la position du pauvre Christ de Bomba, j'ai dit qu'ils avaient même une cravache et que c'est ma femme qui tenait la cravache comme quelqu'un qui pratiquait la philosophie dans un boudoir, j'ai entendu des rires venant de tous les coins, et c'est à ce moment-là qu'une Négresse en blouse blanche est venue me donner un verre d'eau que j'ai renversé par un coup de tête qui a fait basculer mon fauteuil roulant jusqu'à l'autre bout de la salle principale de l'établissement, et le médecin chef est arrivé en courant, il était suivi d'une bonne demi-douzaine d'infirmiers, et j'ai entendu le médecin chef ordonner, du haut de son doctorat d'État en psychiatrie, "serrez bien ses liens, je vous avais dit de ne pas le lâcher d'une semelle, on doit doubler sa dose de comprimés, faites-lui une piqûre et qu'il se calme une bonne fois pour toutes,

merde", et ils m'ont piqué pour m'endormir parce
qu'ils estimaient que je délirais, que je répétais toujours la même chose, que j'inventais cette histoire
de baise entre ma femme et mon fils, or Céline avait
expliqué à qui voulait l'entendre que j'avais perdu la
tête depuis longtemps, que j'étais un soûlard, que
je tabassais mon fils aîné, celui-ci avait d'ailleurs
donné du crédit aux mensonges de Céline, et donc on
m'avait administré une piqûre après mes délires, je
crois que j'ai beaucoup dormi, et quand je me suis
réveillé, je ne me souvenais plus de rien, je croyais
vraiment que j'étais enfin arrivé au Ciel parce qu'il y
avait des nuages partout, des papillons aux mille couleurs qui voltigeaient à basse altitude, et j'ai alors
demandé à voir Dieu en personne et non ses anges,
j'ai dit que je ne parlerais qu'en présence de Dieu le
Père et que j'emmerdais les anges et autres subal-
ternes célestes, et on m'a regardé avec de grands
yeux, on m'a dit de me calmer, on m'a dit que j'allais
bientôt être reçu par Dieu le Père en personne, que
c'était prévu, que j'étais bien arrivé au paradis, et j'ai
vu devant moi un Nègre grand comme une sculpture
d'Ousmane Sow, il était un peu âgé, vêtu d'une blouse
blanche, il est arrivé de façon solennelle comme quelqu'un qui allait dire la messe, et il s'est présenté
comme étant Dieu le Tout-Puissant, j'ai fait un bond
de cabri, je me suis énervé, j'ai dit que c'était une

insulte grave, une hérésie impardonnable, j'ai dit que ce type n'était pas Dieu, j'ai dit que Dieu n'était pas noir, et ils m'ont tous encore regardé avec de grands yeux, et on a fait venir un autre homme en blouse blanche, il était aussi grand, avec des cheveux gris, une barbe épaisse, les yeux bleus, la peau très blanche, j'ai ressenti une vraie transe, de vrais frissons comme si j'étais habité par l'Esprit saint, et j'ai commencé à parler comme si je m'adressais à Dieu en personne, et après ma confession ma voix s'est tout d'un coup éteinte, plus aucun mot ne sortait, j'étais vraiment devenu fou, je te dis, je ne parlais plus, je voyais les gens en double, j'avais l'impression qu'il y avait sans cesse du bruit autour de moi et que les gens parlaient trop fort, ma femme n'est pas venue me voir, encore moins mon fils, et je ne reconnaissais même plus les collègues de travail qui me rendaient visite avec des fleurs et le dernier numéro de *Paris-Match*, je les insultais tellement qu'au bout d'un mois plus personne n'est revenu me voir dans cet asile, et ma femme a demandé le divorce avec le conseil d'un avocat africain natif de notre pays, il n'y avait pas mieux pour la défendre qu'un type de chez moi, un type qui est né dans ce quartier, je te dis, et je suis sûr que cet avocaillon de merde avait fait des cochonneries au lit avec Céline parce que, elle, quand y a un Noir devant elle, il faut qu'elle le croque, je te jure qu'elle sait comment faire l'amour avec un Nègre sans se fatiguer, et elle a obtenu le divorce, il paraît que la loi était claire en la matière, on n'allait pas lui imposer un timbré qualifié de dangereux, un mari demeuré d'esprit, article et alinéa je ne sais plus combien du Code civil de 1804, et donc la garde des enfants lui a été aussi confiée, et elle a obtenu surtout qu'on me rapatrie, d'autant qu'au pays mes propres parents souhaitaient la même chose depuis qu'ils avaient été mis au courant de mon aventure ambiguë, et je ne parlais toujours pas les mois qui ont précédé mon retour ici, en fait j'ai retrouvé mes esprits seulement le jour où l'avion a atterri, quand j'ai vu tous mes parents au complet, leur regard de tristesse, de honte aussi, ils avaient de la peine, crois-moi, alors j'ai commencé à boire pour chasser les ombres qui me couraient après, j'ai refusé de vivre chez mes parents, j'ai refusé cette humiliation, j'ai marché nuit et jour, c'est comme ça que tu me vois ici, le dos voûté comme un vieil homme, je longe la mer, je discute avec les ombres qui me pourchassent, et l'après-midi je viens ici, tu vois le problème, mais dis-moi clairement Verre Cassé, est-ce que toi aussi, dans ton for intérieur, tu crois que je suis un fou, un demeuré, est-ce que quand je te parle là c'est comme un fou qui parle avec la mauvaise foi des hommes, dis-moi la vérité, hein, promets-moi que tu vas mettre ce que je viens de te raconter dans ton cahier, que tu vas pas déchirer ce que tu as noté, je te rappelle que si tu mets pas ça dans ce cahier, il ne vaudra rien, rien du tout, est-ce que tu sais que je suis le plus important des types qui viennent ici, hein, oui je suis le plus important parce que j'ai fait la France, et c'est pas n'importe quel imbécile qui peut faire la France »

chaque jour je surprends maintenant L'Imprimeur en train de narrer à quelqu'un d'autre ce qu'il appelle son aventure ambiguë, il m'avait pourtant fait croire que j'étais le seul à qui il l'avait racontée, je pense sincèrement que quelque chose ne fonctionne pas bien dans sa tête, il a des périodes de lucidité, surtout les après-midi, je crois surtout que cette histoire l'a rendu dingue j'aime bien discuter avec le patron du *Crédit a voyagé*, tout le monde sait qu'il n'est pas marié, qu'il n'a pas d'enfants, qu'il pense que c'est une charge tout ça, que c'est pas facile d'être un homme marié, trop de problèmes, trop de tracasseries, c'est pour cette raison qu'il dit souvent qu'il s'est marié à vie avec *Le Crédit a voyagé*, un mariage qui dure depuis des années, c'est vrai que parfois on l'a vu monter là-haut avec une femme, souvent des femmes bien en chair, les femmes plates ne l'intéressent pas, donc on l'a vu parfois s'enfermer là-haut, revenir dans le bar tout essoufflé, avec le sourire aux lèvres, et on savait tous que L'Escargot entêté venait de tirer son coup, et soudain il exagérait sa générosité, payait à boire à qui le lui demandait, j'ai aperçu quelquefois ses vieux parents qui revenaient de Ngolobondo, son village natal, L'Escargot entêté ressemble comme deux gouttes d'eau à son père, mais il ne nous a jamais rien dit sur ses parents, ils sont bien vivants, sûrement encore plus vieux et plus fatigués, ils ont préféré se retirer au village juste après la polémique suscitée par la création du bar de leur fils, ceux qui les ont côtoyés pensent qu'ils aiment leur fils unique, qu'ils avaient tout fait pour qu'il aille à l'école, qu'il travaille dans un bureau ou devienne un fonctionnaire à temps plein, mais c'est pas de cette façon que les choses se sont passées, le destin en a décidé autrement, je ne veux pas dire que L'Escargot entêté avait été un cancre à l'école, il avait eu pour collègue notre actuel ministre de l'Agriculture, Albert Zou Loukia, non, le patron du *Crédit a voyagé* n'était pas un cancre à l'école, loin de là, on dit même qu'il avait été brillant, très brillant, il aimait les dissertations, la géographie, l'arithmétique et tout le bazar, il est encore capable de réciter des poèmes entiers de mémoire, sans hésiter sur un mot, et ça, ça me tue, j'ai souvent essayé, mais je ne suis jamais allé au-delà de deux strophes, et notre patron aime beaucoup *La Mort du loup* d'Alfred de Vigny, il récite sans cesse ce poème, et j'ai les larmes aux yeux quand j'entends les derniers vers, c'est comme si ces paroles avaient été écrites d'avance pour lui par cet Alfred de Vigny, et il faut écouter L'Escargot entêté quand il murmure « *gémir, pleurer, prier est également lâche, Fais énergiquement ta longue et*

lourde tâche Dans la voie où le Sort a voulu t'appeler,
Puis après, comme moi, souffre et meurs sans parler », il est
fier de rappeler qu'il a obtenu son baccalauréat d'un
seul coup, qu'il aurait pu aller plus loin, mais hélas,
sans avertir ses parents il avait abandonné ses études,
c'était la mode à l'époque, il fallait chercher sa réussite hors du pays, c'était déjà la période des vaches
maigres en ce temps-là, les gens bien placés casaient
leurs parents même quand ceux-ci étaient incompé-
tents, et L'Escargot entêté a commencé à sillonner
l'Angola, le Gabon, le Tchad parce qu'il avait toujours voulu être un homme d'affaires, n'avoir à rendre
de comptes à personne, c'est finalement le voyage au
Cameroun qui l'avait incité à ouvrir son affaire, avec
toutes les répercussions que j'ai soulignées au début
de ce cahier, et je ne reviendrai pas là-dessus parce
que, même ivre, j'ai horreur des répétitions inutiles
ou du remplissage comme certains écrivains connus
pour être des bavards de première classe et qui vous
vendent la même sauce dans chacun de leurs livres en
faisant croire qu'ils créent un univers, mon œil

« et toi Verre Cassé, est-ce que ça va de ton côté », m'avait encore demandé l'Escargot entêté il y a quelques jours, « oui, ça peut aller », avais-je répondu, et il a dit, sans rigoler, « Verre Cassé, je crois qu'il te manque un peu d'affection, tu devrais te trouver une bonne copine, tirer un coup de temps en temps, ça fait du bien, mais vraiment du bien », « je n'en vois pas l'intérêt à mon âge », avais-je aussitôt répliqué, « je te dis que tu devrais recommencer ta vie, l'âge n'a rien à voir », « non, qui va accepter une loque comme moi, j'espère que tu rigoles, L'Escargot », « ah non, je ne rigole pas du tout, je suis sérieux, que dis-tu de Robinette, hein, c'est un bon morceau, n'est-ce pas », avait-il poursuivi, « mon Dieu, surtout pas Robinette, c'est un morceau trop gros pour moi, je pourrais pas l'avaler », avais-je dit, et je m'étais mis à rire, et nous avions ri tous les deux, je m'étais alors souvenu de la dernière apparition de Robinette au *Crédit a voyagé*, c'est une vraie femme de fer que le patron voulait me coller comme copine, je croyais qu'il plaisantait parce que Robinette boit plus que moi, elle boit comme les tonneaux d'Adélaïde que les Libanais vendent au Grand Marché, Robinette boit, boit encore sans même se soûler, et quand elle boit comme ça elle va pisser derrière le bar au lieu d'aller aux toilettes comme tout le monde, et quand elle pisse derrière le bar elle met au moins dix minutes à uriner sans s'arrêter, ça coule et coule encore comme si on avait ouvert une fontaine publique, c'est pas du bluff, c'est incroyable mais vrai, tous les gars qui ont essayé de la concurrencer en matière de pisse à durée indéterminée ont fait l'adieu aux armes, ils ont été vaincus, écrasés, laminés, ridiculisés, roulés dans la poussière, dans la farine de maïs

la dernière fois que Robinette est passée ici, elle a chauffé un type qu'on n'avait pas encore vu au *Crédit a voyagé*, ça a commencé par une attaque directe de Robinette, le genre de coup invisible que Mohammed Ali avait assené à Sonny Liston dans les années soixante pour préserver son titre de champion du monde, « toi-là qui t'agites comme un coq de basse-cour, si tu pisses plus longtemps que moi, alors je t'autoriserai à me sauter quand tu voudras et où tu voudras, sans rien payer, tu as ma parole », elle a dit, et le type a répondu « prétentieuse, tu ne sais pas à qui tu as affaire, j'accepte ton défi, Robinette, mais je vais bien te sauter après, j'aime les gros derrières et les gros nichons, moi », et on a ri parce que le type était vraiment un prétentieux de première classe, il ne savait pas où il mettait ses pieds, s'il avait entendu parler de cette femme il n'aurait pas osé prononcer de telles paroles irresponsables, et nous on était là, plus qu'amusés, voyant déjà le cadavre de ce quidam par terre, disons que Robinette a été très vexée par les propos de cet intrus, elle l'invaincue, elle la reine de la pisse de cette ville, de ce quartier, et elle a alors répondu au type « tu es fou ou quoi, mon gars, avant de me traiter de grosse, gagne d'abord ton combat, tu dis presque rien sur presque tout, tu peux pas me battre, toi-là que je vois-là », « si, je peux te battre, ma grosse », a répondu l'autre, « non, pauvre petit préten- tieux, il faut être fou pour se mesurer à moi, demande donc à tous ces gars qui nous entourent, ils te diront qui je suis, moi » a répliqué Robinette, « je ne suis pas un prétentieux, ma cocotte, en général je fais toujours ce que je dis » a lancé l'autre, « tu es vraiment vantard, toi, est-ce que c'est parce que tu parles bien comme ça que tu crois que tu es capable de quoi que ce soit, je dis que tu es pas capable, toi » a dit Robinette, et moi qui regardais tout de loin, je croyais que c'était une blague, que les deux-là se connaissaient ailleurs et nous jouaient un petit passage de *Trois Prétendants, un mari*, en tout cas de la bonne comédie, je me disais vraiment qu'ils se connaissaient comme les larrons de cette ville, ces drôles de gens, or ce n'était pas de la comédie, et le type prétentieux se la jouait courageux, se présentant comme un invaincu, ne sachant pas ce qui l'attendait à la courbe du fleuve, il était habillé comme un homme important, avec une veste noire, avec une chemise blanche, avec une cravate rouge, avec des souliers vernissés, et il devait nous prendre pour des gueux, pour des culs-terreux, bref pour des prolétaires de tous les pays qui ne comprenaient pas qu'il fallait s'unir, on ne savait pas comment ses cheveux défrisés et tirés derrière brillaient en cette saison blanche et sèche où la lumière d'août traversait à peine les nuages, mais les coquets n'ont pas de période de coquetterie, ils demeurent coquets même pendant une saison blanche et sèche, c'est dire qu'au plus noir de la nuit les cheveux de ce type brilleraient comme ils brillaient ce jour-là, il devait passer des heures entières devant son miroir, le peigne chaud était son objet fétiche, les cheveux défrisés le rappro- chaient un peu plus de la race blanche dans ce pays où avoir des cheveux très crépus est la plus grande des malédictions, et puis il fumait beaucoup, avec les

gestes des gens bien, et il a voulu se présenter, il a dit
« mon prénom c'est Casimir, pour ceux qui ne le
savent pas, rien ne peut m'arrêter, je suis connu ici et
là, je mène la grande vie, sachez-le, si je me suis arrêté
ici c'est pour prendre mon pot, c'est tout, je suis pas
un soûlard comme vous autres, moi c'est la grande vie
que je cherche », et je me suis dis *« merde alors, c'est qui
ce gars qui cause de cette manière-là, est-ce qu'il réalise
quand même dans quel Vietnam il est en train de s'en-
liser »*, et nous avons alors ressenti de l'antipathie pour
ce Casimir qui prétendait mener la grande vie, lui
qui nous traitait tous de soûlards, et pourquoi n'était-
il pas allé prendre son pot ailleurs, chez les autres gars
qui mènent la grande vie comme lui, hein, pourquoi
était-il venu nous rappeler que nous n'étions que des
misérables, des rastaquouères, donc Robinette avait
raison de dire que ce type disait presque rien sur
presque tout, et je me suis aussi dit que ce gars méritait une bonne leçon, un bon châtiment, je me suis dit
encore *« de toute façon, ainsi soit-il, les jeux sont faits »*,
sinon qu'est-ce qu'il venait chercher ici avec son
accoutrement de notaire, de croque-mort, de maestro
d'opéra, cette musique chiante que les gens qui
mènent la grande vie comme Casimir écoutent,
applaudissent alors qu'ils n'en comprennent même
pas les paroles, or c'est quoi une musique si on n'est
même pas foutu de bouger son postérieur, si on ne

peut même pas dire aux autres « *voyez comme on danse* », c'est quoi cette musique si on ne peut pas transpirer, frotter le mont de Vénus de la femme pour l'emmener à penser à l'acte fatal, moi quand je dansais, je veux dire quand j'étais encore un homme pareil aux autres, j'aimais me mettre dans un état tel que j'avais l'impression d'effectuer la descente au paradis, de revoir les anges dissipés me porter sur leurs ailes, j'étais un bon danseur, je savais faire voltiger une cavalière au point qu'elle se jetait dans mes bras et me laissait le soin de décider de l'issue de la soirée, mais pour l'instant je ne veux pas parler de moi au risque de passer pour un mégalo, pour quelqu'un qui ne pense qu'à son nombril, donc Robinette et ce type se sont rendus derrière *Le Crédit a voyagé* pour faire la guerre de la fin du monde, et derrière *Le Crédit a voyagé* y a une espèce de cul-de-sac propice à tous les coups fourrés, les gens viennent là pour traiter leurs affaires nébuleuses, et c'est donc là que nos deux concurrents se sont retirés, suivis de nous autres témoins oculaires, nous étions de simples voyeurs, nous attendions avec impatience que Casimir qui mène la grande vie tombe, qu'il apprenne enfin l'humilité, qu'il sache se taire devant les gens, nous étions tous des fans de Robinette, nous l'encouragions, nous l'applaudissions, donc derrière *Le Crédit a voyagé*, à cet endroit crasseux qui puait la pisse de chat sauvage et la bouse de vache folle, Casimir qui mène la grande vie a tombé sa veste de Vieux Nègre et la médaille, il a ôté sa cravate gondolée, il a plié soigneusement ses affaires, a mis tout ça par terre, dans un coin, puis il s'est miré à l'aide de ses souliers vernissés, cette ultime coquetterie nous a encore irrités, il se prenait pour qui ce con, hein, pourquoi se mirait-il alors que son visage de figue écrasée allait encore prendre un bon coup lorsque Robinette l'aurait ridiculisé, mais le type se mirait, passait une main sur sa chevelure défrisée au peigne chaud et qui brillait même avec la faible lumière d'août, jamais on n'avait vu un type aussi vantard que lui, et donc Robinette a d'abord ôté sa chemisette en pagne, il faut dire honnêtement que ce spectacle était loin de celui d'une Margot qui dégrafait son corsage, elle a ensuite soulevé son pagne jusqu'à la naissance de ses reins, et on a vu son derrière de mammifère périssodactyle, ses grosses cuisses potelées de personnage féminin de peinture naïve haïtienne, on a vu ses mollets de bouteille de bière Primus, elle ne portait pas de slip, la garce, c'est peut-être parce qu'il n'existe pas de slip qui puisse domestiquer sa montagne de fesses, et donc elle a poussé un long rot qui nous a tous rebutés, et elle a dit à haute voix «au plaisir de Dieu, la vérité va se voir à la lueur de l'aube, en avoir ou pas, c'est ce que nous allons vérifier, mes amis», et puis on a vu son sexe lorsqu'elle a écarté les tours jumelles qui lui servent de fesses, tout le monde a applaudi, et curieusement j'ai même bandé à mort comme les autres témoins, faut être honnête et ne pas cacher la vérité, oui j'ai bandé parce qu'un derrière de femme c'est toujours un derrière de femme, qu'il soit petit, gros, plat, potelé, avec des zébrures, avec des pigments qui vous causent des névralgies, avec des taches de vin de palme, avec des taches de variole, un derrière de femme c'est un derrière de femme, on bande d'abord et on décide ensuite si on y va ou si on n'y va pas, et donc on a aussi vu Casimir qui mène la grande vie enlever son pantalon, dévoiler ses jambes maigrelettes d'échassier et ses genoux qui ressemblent à un enchevêtrement de nœuds gordiens, il portait un vieux slip rouge tomate qu'il a baissé jusqu'aux chevilles, et on a découvert son sexe, une particule élémentaire qui nous a fait éclater de rire au point qu'on s'est demandé par où passeraient ses pauvres urines, et il a quand même exhibé ce truc insignifiant devant nous avec des boules poilues qui pendillaient comme des fruits d'un arbre à pain effeuillé par une saison blanche et sèche, et donc il s'est appliqué à pétrir sa particule élémentaire, à la traiter comme son mât de cocagne, à lui parler à voix basse comme un charmeur de najas entouré de touristes dans un marché, il s'est attelé à donner à sa chose-là une forme catholique, ce n'était pas si facile avec tous ces témoins qui n'arrêtaient pas de ricaner et qui étaient acquis à la cause de Robinette, ce n'était pas si facile avec ces témoins qui le déboussolaient par tous les moyens à cause de son membre dérisoire, mais lui se concentrait, faisait comme si nous n'existions pas, il était conscient qu'il était seul dans son camp et que tous les autres étaient des adeptes de Robinette, cela ne l'ébranlait pas, loin de là, le type affichait vraiment une assurance, il ignorait son adversaire, procédait à ses préparatifs avec la sérénité d'un professionnel de ce genre de défi, et il secouait sa particule élémentaire, il la tirait, il la tournoyait afin de convoquer les urines, et donc c'était parti, oui c'était vraiment parti, le défi avait commencé, Robinette a écarté ses jambes de pachyderme, tout son Pays-Bas était maintenant à zéro mètre de nous, on a vu soudain son petit pois prendre de l'excroissance, et nous nous sommes aussitôt rapprochés au moment où elle poussait un long couinement d'une hyène qui met bas, nous avons failli être arrosés par son liquide jaunâtre et fumant qui giclait comme un sachet d'eau qu'on venait de perforer, nous avons reculé juste à temps pendant que, de l'autre côté, Casimir qui mène la grande vie libérait ce qu'il avait dans la vessie, mais les urines de Robinette étaient plus lourdes, plus chaudes, plus impériales dans leur jet, et surtout elles tombaient plus loin alors que celles de son prétentieux concurrent sortaient par petits bonds de bébé kangourou, de grenouille qui veut devenir aussi grosse qu'un bœuf, de corbeau qui veut imiter l'aigle, elles tergiversaient, titubaient, zig-zaguaient, traçaient au sol des hiéroglyphes à agacer un type qu'on appelait Champollion et qui, paraît-il, aimait se triturer les méninges pour ces dessins d'école maternelle du temps des pharaons et autres momies, et les urines désordonnées de ce type échouaient à quelques centimètres seulement de ses pieds, cela amusait Robinette qui ne put s'empêcher de lui lancer «pisse, pisse donc, nullard, c'est comme ça que tu vas me sauter, hein, pisse, nullard», et les deux adversaires pissaient, chacun avec sa méthode, deux minutes à uriner c'est beaucoup, mais les deux adver-saires étaient résolus, et malgré ses jets urinaires orthodoxes, Casimir qui mène la grande vie tenait quand même le cap alors que moi, à sa place, j'aurais déjà fini d'uriner et de ranger ma particule élémen-taire dans sa loge, mais ce type obstiné battait pavillon depuis plus de cinq minutes et, les yeux clos, la tête levée vers le ciel comme un gars qui fredonnait avec bonheur un requiem pour une nonne, il était imper-turbable, les oreilles bouchées aux intimidations, aux multiples provocations de Robinette qui accélérait le débit de ses urines au fur et à mesure, et, dans un élan de provocation, elle lui a dit au passage «craque, nullard, craque, tu vas craquer, tu sais même pas pisser, craque, moi j'ai encore des litres dans mon réservoir, je te préviens, fais attention, arrête de pisser si tu veux pas être ridicule devant les gens, arrête maintenant, dis au revoir et merci », Robinette criait comme ça, le type a répondu « tais-toi et pisse, grosse poule, les vrais maîtres ne parlent pas, pourquoi je vais dire au revoir et merci, jamais, jamais de la vie, c'est toi qui vas craquer Robinette, et je vais te baiser », et il a pressé ses deux boules poilues, le débit de ses urines a augmenté de plusieurs crans, et nous avons écarquillé les yeux parce que ce type prétentieux pissait maintenant avec plus de conviction, et nous avons constaté que sa particule élémentaire avait doublé, voire triplé de dimension au point que nous nous sommes frotté les yeux en signe d'incrédulité, et ses bourses tout d'un coup gonflées pendouillaient comme deux vieilles gourdes pleines de vin de palme, et il pissait avec jubilation, et il sifflotait au passage un cantique de la racaille du quartier Trois-Cents, puis un concert baroque, puis un air de Zao afin d'attirer les regards vers lui, pendant ce temps Robinette avait le cœur à l'ouvrage, elle pétait à plusieurs reprises au point que nous avons été contraints de nous boucher le nez et les oreilles parce que ça sentait très fort et résonnait comme des feux d'artifice que nous entendons lors de la Fête au bouc, ses pets sentaient la naphtaline trafiquée au Nigeria, et ça faisait à certains moments des bruits de trompette d'occasion de la New Orleans, et alors que nous étions concentrés à scruter le derrière éléphantesque de Robinette, un témoin nous a informés que, de l'autre côté, Casimir qui mène la grande vie opérait un tournant décisif, un miracle qui méritait une béatification papale, nous nous sommes tous rués pour voir ça de très près, faut jamais rater les miracles même si ça ne se passe pas à Lourdes, faut être le témoin de ce qui se racontera quelques siècles plus tard, mieux vaut en être le témoin que d'écouter des perroquets vous réciter une histoire d'amour au temps du choléra, et nous nous sommes donc empressés vers Casimir qui mène la grande vie pour voir son miracle historique, et nous sommes tombés des nues, c'était pas croyable ce qui se déroulait sous nos yeux, il fallait y être pour le croire, et nous avons observé que, dans ses zigzags urinaires, Casimir qui mène la grande vie avait dessiné avec talent la carte de France, ses urines orthodoxes tombaient en plein cœur de la ville de Paris, «vous n'avez encore rien vu, je peux aussi dessiner la carte de la Chine et pisser dans une rue précise de la ville de Pékin», et Robinette ne comprenait plus rien, elle s'est retournée, a jeté un coup d'œil avant de nous lancer «revenez vers moi, je vous dis, revenez vers moi, qu'est-ce que vous regardez donc là-bas, vous êtes tous des pédés ou quoi»,

mais nous étions plutôt captivés par le mystérieux
concurrent prétentieux qu'on applaudissait désormais et qu'on avait du coup surnommé Casimir le
Géographe, ce type prenait goût à ce défi, « moi je fais
le marathon et pas le sprint, je vais la sauter, je vais
l'épuiser, faites-moi confiance » a-t-il dit en sifflotant
son cantique de la racaille du quartier Trois-Cents,
puis son concert baroque et son air de Zao, et on
applaudissait de plus en plus pendant que la carte de
France s'agrandissait de toutes ses régions, y avait un
autre petit dessin à côté de cette œuvre magnifique,
« mais dis donc, c'est quoi ça ce truc qu'il a dessiné à
côté de la carte de France, c'est quoi ça, hein » a
demandé un témoin égaré par l'art de Casimir qui
mène la grande vie, « c'est la Corse, imbécile » a
répondu l'artiste sans cesser de pisser, et on a applaudi
pour la Corse, et certains venaient même de découvrir pour la première fois ce nom de *Corse*, ça murmu-
rait, ça polémiquait, et puis un gars plus qu'égaré a
demandé qui était le président de la Corse, quel type
d'État c'était, quelle était la capitale de ce pays, leur
président était-il noir ou blanc, et on l'a envoyé paître
en lui criant en chœur « idiot, imbécile », et donc déjà
plus de dix minutes que les deux-là rivalisaient de jets
urinaires, ça me donnait aussi envie de pisser un coup
à mon tour parce que, normalement quand quelqu'un pisse, ça donne aussi envie de faire la même

chose, c'est pour cela qu'à l'hôpital le médecin demande de laisser couler le robinet d'eau pour provoquer l'envie de faire pipi, donc le combat de ces deux-là continuait, mais entre-temps un des témoins qui ne quittait pas des yeux la croupe de Robinette a commencé à sortir sa chose à lui de son pantalon, à la toucher avec nervosité, et on l'a entendu ensuite beugler sa jouissance derrière nous comme un cochon dont on venait de couper la tête pendant la Fête au bouc, et les concurrents, très concentrés, très appliqués et très imperturbables pissaient toujours, « si c'est comme ça, alors je m'arrête, je vous dis que je m'arrête, je ne peux pas travailler dans des conditions pareilles, pour qui donc me prenez-vous, hein, est-ce que moi je dérange les gens quand ils travaillent, hein, je vous dis que j'arrête, le spectacle est terminé », tout le monde s'est retourné, c'est Robinette qui avait parlé comme ça, elle s'était en effet arrêtée de pisser et prétendait que nous la déconcentrions avec notre comportement de gamins de l'école maternelle, mais elle a eu l'élégance et le fair-play de venir vers Casimir qui mène la grande vie pour toucher sa chose d'un geste affectueux, elle a ensuite dit « c'était bien, mon gars, tu as gagné aujourd'hui, tu es un vrai pisseur, maintenant on va voir si tu éjacules aussi longtemps que tu pisses, dis-moi quand et où, je serai à toi », et nous avons applaudi parce que c'était la première fois qu'on la voyait capituler de la sorte et solliciter indirectement un cessez-le-feu, alors Robinette et Casimir qui mène la grande vie se sont fixé rendez-vous dans une chambre de passage, vers la place des Fêtes du quartier Trois-Cents, nous avons boudé ce rendez-vous sans témoins parce que nous aurions voulu qu'ils fassent ça ici devant nous, et nous sommes retournés dans le bar un peu déçus pendant que Robinette et l'invaincu Casimir qui mène la grande vie s'engouffraient dans un taxi en direction de leur chambre de passage, et personne ne sait ce qui s'est passé entre ces deux-là, nous n'avons plus revu Casimir qui mène la grande vie après ce défi, Robinette vient ici de temps en temps, mais elle a dit qu'on n'apprendrait rien de plus sur cette histoire, à mon avis elle avait dû prendre une bonne raclée au lit avec Casimir et n'avait pas été à la hauteur, sinon elle nous aurait soûlés et nous aurait raconté en détail comment elle avait vaincu le prétentieux Casimir qui mène la grande vie

en fait, l'idée de sauter Robinette ne me déplairait pas quand même, ça fait longtemps que j'ai pas tiré un coup et, faute de grives, je pourrais me contenter de merles, je ne sais même pas si j'irais jusqu'au bout devant elle, des femmes comme Robinette, ça doit couver des orgasmes sismiques, il faut longtemps galoper, cravacher avant de les faire couiner, et si j'ai dit non à la proposition indécente de L'Escargot entêté, c'était bien malgré moi, et peut-être aussi parce que ça me gênait de marcher sur les plates-bandes du patron, ça me gênait d'être sur cette femme et de m'imaginer que L'Escargot entêté lui-même gigotait dessus comme un lapin épileptique, et d'ailleurs qui me dit que le patron ne serait pas un peu jaloux, je ne voudrais pas que les embrouilles ennuagent mes rapports avec L'Escargot entêté, je ne veux pas me brouiller avec celui qui est comme mon frère, mais est-ce que d'ailleurs Robinette accepterait de me laisser la chevaucher, une serpillière comme moi, hein, et puis y a un grand problème technique, je crois que je ne suis pas bien membré, faut être réaliste, et vu les fesses à la balance excédentaire de Robinette, je suis sûr que je passerais la journée à chercher le point G de son Pays-Bas, j'arriverais à peine au point B, et il resterait les points C, D, E, et F, donc elle ne serait jamais satisfaite comme il faut, j'arrête d'y penser, disons qu'à ce stade de mon cahier j'ai plutôt besoin d'un bon repos, je ne veux plus écrire un seul mot de plus pendant un certain temps, je veux boire, ne faire que boire, avaler des gorgées qui seront mes dernières, et si je fais bien le calcul mental, je vois qu'il y a maintenant plusieurs semaines que j'écris à perdre haleine, et y a des gens qui se moquent de ce qu'ils prennent pour ma nouvelle occupation, y en a même qui ont fait courir le bruit que je préparais un examen pour intégrer de nouveau l'enseignement, ils disent que c'est pour cette raison que je veux arrêter de boire et ne plus venir ici, mais c'est de la rigolade, je ne vais quand même pas redevenir un enseignant à soixante-quatre ans, voyons, en tout cas je dois me reposer, ne plus écrire une seule ligne, ne rien relire, je continue-rai alors plus tard, je ne sais pas quand, mais je conti-nuerai, je ne tiens pas à consacrer toute mon énergie à ça, et quand j'aurai terminé la deuxième partie, je m'en irai, je m'en irai loin, je ne sais pas où, mais je m'en irai, je m'en fous de ce que pensera L'Escargot entêté, mais je serai loin, loin du *Crédit a voyagé*

derniers feuillets

aujourd'hui est un autre jour, un jour gris, j'essaie de ne pas être triste, et ma pauvre mère dont l'esprit plane toujours sur les eaux grises de la Tchinouka disait toujours que c'est pas bon de se laisser aller à la grisaille, y a peut-être quelque part la vie qui m'attend, et moi aussi je voudrais que quelqu'un m'attende quelque part, et je suis assis dans mon coin depuis 5 heures du matin, j'observe avec un peu plus de distance les faits, ce n'est qu'ainsi que je pourrai mieux les relater, et voilà donc plus de quatre ou cinq jours que j'ai terminé la première partie de ce cahier, je souris après la lecture de certaines pages, elles datent d'un bon bout de temps, je me demande au fond si je peux en être fier, je relis quelques lignes, mais je ressens plutôt une grande frustration, rien ne m'enflamme, en fait tout m'énerve, or je ne peux en vouloir à personne, je me sens un peu faible, j'ai la langue pâteuse comme si la veille j'avais mangé un plat de porc aux bananes vertes, pourtant je n'ai rien mangé depuis hier et me suis laissé habiter par une marée noire de pensées, je me demande même si je ne suis pas en train d'écrire mon testament, or je ne peux parler de testament parce que je n'aurai rien à léguer le jour où je casserai ma pipe, tout cela c'est que du rêve, mais le rêve nous permet de nous raccrocher à cette vie scélérate, moi je rêve encore la vie même si je la vis désormais en rêve, je n'ai jamais été aussi lucide dans mon existence

les jours passent vite alors qu'on aurait pu croire le contraire lorsqu'on est là, assis, à attendre je ne sais quoi, à boire et à boire encore jusqu'à devenir le prisonnier des vertiges, à voir la Terre tourner autour d'elle-même et du Soleil même si je n'ai jamais cru à ces théories de merde que je répétais à mes élèves lorsque j'étais encore un homme pareil aux autres, faut vraiment être un illuminé pour débiter des énormités de ce genre parce que moi, à vrai dire, quand je bois mon pot, quand je suis assis peinard à l'entrée du *Crédit a voyagé*, je ne réalise pas que la Terre que je vois là puisse être ronde, qu'elle puisse s'amuser à tourner autour d'elle-même et autour du Soleil comme si elle n'avait rien d'autre à foutre que de se causer des vertiges d'avion en papier, qu'on me démontre donc à quel moment elle tourne autour d'elle-même, à quel moment elle arrive à tourner autour du Soleil, faut être réaliste, voyons, ne nous laissons pas embobiner par ces penseurs qui devaient se raser à l'aide d'un vulgaire silex ou d'une pierre maladroitement taillée pendant que les plus modernes d'entre eux utilisaient de la pierre polie, en fait, grosso modo, si je devais analyser tout ça de très près, je dirais qu'on distinguait jadis deux grandes catégories de penseurs, d'un côté y avait ceux qui pétaient dans les baignoires pour crier à plusieurs reprises « j'ai trouvé, j'ai trouvé », mais qu'est-ce qu'on en a à foutre qu'ils aient trouvé, ils n'avaient qu'à garder leur découverte pour eux, moi j'ai eu à m'immerger quelquefois dans la rivière Tchinouka qui a emporté ma pauvre mère, je n'ai rien trouvé de spectaculaire dans ces eaux grises où tout corps qu'on y plonge ne subit même pas la fameuse poussée verticale de bas en haut, c'est d'ailleurs pour cela que toute la merde de notre quartier Trois-Cents est tapie au fond des eaux, qu'on me dise alors comment cette merde arrive à échapper à la poussée d'Archimerde, et puis y avait la deuxième grande catégorie d'illuminés qui n'étaient que des oisifs, de vrais fainéants, ils étaient toujours assis sous un pommier du coin et attendaient de recevoir des pommes sur la tête pour une histoire d'attraction ou de pesanteur, moi je suis contre ces idées reçues, et je dis que la Terre est plate comme l'avenue de l'Indépendance qui passe devant *Le Crédit a voyagé*, y a rien à rajouter, je proclame que la Terre est tristement immobile, que c'est le Soleil qui s'excite autour de nous parce que je le vois moi-même parader au-dessus de la toiture de mon bar préféré, qu'on ne me raconte pas d'histoires à dormir debout, et le premier qui vient encore m'expliquer que la Terre est ronde, qu'elle tourne autour d'elle-même et autour du Soleil, celui-là je le décapite sur-le-champ même s'il s'écrie *« et pourtant elle tourne »* voyons donc, je ne sais pas par exemple pourquoi je n'ai pas encore évoqué la petite histoire de Mouyeké, un gars qui fréquentait ce bar et qui ne vient plus pour des raisons qu'on pourrait aisément comprendre, je ne pouvais pas ne pas parler de ce type, je ne pouvais pas l'écarter de ce cahier même s'il est une espèce d'éclair qui a traversé *Le Crédit a voyagé*, or j'aime bien les personnages de cette envergure, on les voit à peine passer, ils sont comme des comparses, des silhouettes, des ombres de passage, un peu comme ce type qu'on appelait Hitchcock et qui apparaissait furtivement dans ses propres films sans même que le spectateur lambda ne s'en rende compte, sauf si son voisin connaisseur lui soufflait à l'oreille «connard, regarde bien au coin de l'écran, tout à gauche, eh bien, ce gars un peu enveloppé, ce gars avec un double menton et qui traverse la scène derrière d'autres per-

117

sonnages, c'est Hitchcock en personne», mais disons
que ce Mouyeké n'est pas de la trempe et de la car-
rure du génial Hitchcock, faut pas exagérer quand
même dans les comparaisons, Hitchcock était un personnage grandeur nature, c'était un type doué, un
gars capable de vous faire frémir rien qu'avec les
oiseaux ou une fenêtre sur cour, il était capable de
vous plonger dans une psychose rien qu'avec des trucs
de rien du tout et bien à lui, or l'histoire de Mouyeké
me fait plutôt rire que frémir, et là je n'éprouve pas de
la pitié pour lui parce que je ne supporte pas les
escrocs sans génie, les gens sans caractère, donc ce
Mouyeké avait été lâché soi-disant par son fétiche,
son gri-gri, et si je parle de fétiche c'est parce que
Mouyeké est un type qui se prétend descendant des
grands sorciers capables d'arrêter la pluie, de régler la
chaleur du soleil, d'anticiper la saison des récoltes, de
lire les pensées dans la tête des autres, de réveiller les
âmes mortes comme le Christ qui avait dit solennelle-
ment à un malheureux cadavre déjà refroidi «Lazare,
réveille-toi et marche», et, au sujet de cette résurrec-
tion, faut dire aussi que ce malheureux cadavre de
Lazare avait vraiment une peur bleue du Christ et
surtout de Dieu qui est planqué depuis la nuit des
temps entre deux cumulo-nimbus pour nous regarder
accumuler les péchés alors qu'Il pourrait bien nous
aider à les éviter grâce à une petite opération du Saint-

Esprit, mais notre Dieu s'est planqué là-haut afin de bénéficier d'une vue panoramique sur les choses les plus basses de ce monde et de les noter scrupuleusement dans son carnet pour le Jugement dernier, et quand Jésus a parlé au nom de Son Père planqué là-haut, le pauvre cadavre de Lazare s'est réveillé en sursaut, et, en un quart de tour, le macchabée tremblotait de crainte devant les voies du Seigneur qui sont normalement impénétrables mais qu'il avait essayé de pénétrer durant son bref séjour chez les morts, et il a marché comme une marionnette, et c'est un peu ce que Mouyéké disait ici et là, il professait que les miracles du Christ n'étaient rien par rapport à ce que lui-même pouvait réaliser l'espace d'un cillement, donc il pouvait transformer le pipi de chat en vin rouge de la Sovinco, il le ferait, il pouvait redonner des jambes aux gars amputés, il le ferait, en plus il ajoutait que les trucs du Christ qui nous épatent n'étaient même pas vérifiables, qu'on nous a bourré le crâne depuis des siècles, qu'on nous en a mis plein la vue comme des gosses de la maternelle, il paraît que les miracles du Christ se discutent encore de nos jours et que ça n'a jamais fait l'unanimité même entre les croyants, et, toujours d'après Mouyéké, on devrait prendre ces miracles avec des pincettes alors que ses miracles à lui étaient vérifiables sans remonter à cette époque biblique où les gars n'avaient que des pierres rudimentaires pour recevoir les dix commandements que Dieu leur avait à peine murmurés en prenant soin de bien se cacher entre deux strates de cumulo-nimbus comme d'habitude, et d'ailleurs sur cette dizaine de commandements de Dieu, aucun n'est respecté de nos jours, les gens trouvent plus d'excitation à fouler ces règles qu'à passer leur vie à les observer dans un monde où y a le cul partout et à la portée de toutes les bourses, dans un monde où la fidélité ne veut plus rien dire, dans un monde où même les moines et les cénobites jalousent la lubricité aux mécréants, dans un monde où y a que l'envie et la jalousie qui comptent, dans un monde où on tue les gens en utilisant la chaise électrique alors qu'il est bien écrit dans le Livre saint « *Tu ne tueras point* », et c'est ainsi que s'exprime ce Mouyeké, il est toujours en train de critiquer la Bible de Jérusalem en des termes virulents, il ne fait pas de cadeau de Noël à Dieu et à Ses lieutenants-colonels, et Mouyeké a dit un jour « mes chers amis, mes frères nègres, comment se fait-il que dans la Bible tous les anges sont des Blancs ou quelque chose de ce genre, on aurait quand même pu mettre un ou deux anges nègres, histoire de caresser dans le sens du poil tous ces Nègres de la Terre qui refusent de changer leur condition au motif que dès le départ les jeux étaient faits, au motif que leur peau avait été mal calculée par le Tout-Puissant, or y a pas d'anges noirs dans le Livre saint, et quand y a quelques Noirs qui déambulent dans ce bouquin, c'est toujours entre deux versets sataniques, c'est souvent des diables, des personnages obscurs, et n'y a pas non plus de Noirs parmi les apôtres de Jésus, c'est quand même étonnant, on ne va pas nous faire croire que pendant que se déroulaient les épisodes de la Bible y avait pas d'acteurs noirs qui pouvaient jouer un rôle de premier plan, non, hein, donc je comprends et pardonne les pauvres Blancs, ils n'ont pas eu tort de coller aux Nègres des rôles de cireurs de pompe dans la vie quotidienne d'ici-bas, puisque là-haut tout laisse à penser que le Nègre n'existait même pas », et c'est comme ça que Mouyeké nous avait parlé ici, j'ai même trouvé que, pour un féticheur, il était trop au fait de certaines choses qui, à mon avis, relevaient de la modernité et des discussions d'intellectuels en cravate et lunettes rondes, mais c'est pas à cause de ses idées qu'il a passé un long séjour en prison, c'est à cause de ses multiples escroqueries, disons qu'après son séjour à la prison il est venu roucouler son amertume devant les bouteilles de vin du *Crédit a voyagé*, c'est un type minable, le physique ingrat, la musculature saillante, l'œil sanguin, et à le voir si crasseux on se dit que les cordonniers sont vraiment les plus mal chaussés des bipèdes parce que, en tant que féticheur, il aurait pu exiger de ses gris-gris un costume sur mesure même si c'est pas un costume Yves Saint Laurent comme pour L'Imprimeur, il aurait pu demander à ses gris-gris des pompes vernissées comme celles de Casimir qui mène la grande vie, mais en réalité Mouyeké escroquait les honnêtes gens, les naïfs qui lui remettaient des sommes faramineuses, et donc, le jour de son procès, le vieux juge de la correctionnelle qui dirigeait l'audience a voulu le coincer en lui demandant «bon, on ne va pas tourner en rond sur une affaire qui me semble claire comme de l'eau de roche, dites-nous combien d'argent les victimes vous remettaient, Mouyeké», et le prévenu a répondu «je ne suis pas un petit féticheur du coin, on me remettait beaucoup d'argent, mais vraiment beaucoup d'argent, Monsieur le juge, donc je méritais cette récompense, c'est pas donné à n'importe quel féticheur d'être payé comme je l'étais», et le juge a répliqué «ça veut dire quoi *beaucoup d'argent*, soyez plus précis dans les chiffres, ici c'est pas un lieu pour se foutre de la gueule des gens, est-ce que vous savez que je peux vous coffrer immédiatement si vous jouez à ce petit jeu avec moi, est-ce que vous le savez, hein», «oui, Monsieur le juge, je le sais», «alors répondez sans ambages à ma question, combien d'argent ces honnêtes gens vous donnaient-ils», et le prévenu a marmonné «plus de 1 000 000 de francs CFA par consultation, Monsieur le juge», le magistrat est resté sans voix comme s'il comptait mentalement ce que représentait cette grosse somme et, incrédule, il a poursuivi d'un ton de menace de tempête « mais vous, qu'est-ce que vous deviez faire concrètement pour eux, parce que 1 000 000 de francs CFA c'est pas quand même donné à tout le monde », « Monsieur le juge, moi je devais les aider, je devais fabriquer des fétiches pour que leur commerce marche bien, je rendais leur vie meilleure, y a combien de gars dans ce pays qui rendent la vie des gens heureuse, hein, je suis le seul, hélas », et le juge a failli ricaner, il a dit « donc vous aidiez les autres, et vous me prenez pour qui, et pourquoi ne faites-vous pas des fétiches pour vous-même afin de devenir riche, hein, regardez comment vous êtes, on dirait quelqu'un qui vit dans les poubelles du quartier Trois-Cents avec les chiens », et Mouyéké a dit, sans perdre l'air sérieux que seuls savent s'affecter les escrocs, « Monsieur le juge, les fétiches c'est pour aider les autres, c'est ce que mes ancêtres faisaient, et c'est ce qu'ils m'ont laissé comme héritage », « oui, mais charité bien ordonnée commence par soi-même, moi si j'étais vous je commencerais par rendre ma propre vie meilleure, or on ne peut pas dire que la vôtre soit une réussite », et Mouyéké, pensif, a répondu « est-ce que vous avez déjà vu un médecin se faire lui-même une opération, Monsieur le juge, donc les féticheurs aussi c'est la même chose, ils ne peuvent pas faire des fétiches pour eux-mêmes, ça ne marcherait pas bien », « et alors, faites-les pour les membres de votre famille, comme ça vous profiterez au moins de leurs richesses », la salle s'est mise à rire, et le juge a enchaîné « alors vous prétendez rendre quiconque riche, n'est-ce pas, monsieur Mouyeké », « oui, c'est bien ça, Monsieur le juge, et si vous venez chez moi en consultation, je peux aussi vous rendre très très riche, et vous allez être le chef de tous les juges de ce pays en moins de cinq minutes et trente secondes, je vous jure, vous n'aurez plus à lire les dossiers, vous verrez la vérité à la lueur de l'aube, et vous condamnerez les gens avec plus de justesse au lieu de condamner des innocents comme moi », « à chacun son boulot, monsieur, je n'ai pas besoin de vos services pour être un juge équitable et impartial, et d'ailleurs je vais vous le démontrer à l'instant parce que, moi, les escrocs de votre engeance, je les envoie au trou pour discuter philosophie de l'Antiquité avec les rats, je ne demande même pas à délibérer sur votre cas, je m'en charge personnellement parce que la loi c'est moi », la salle a tellement ri que le juge a failli l'évacuer, et le vieil homme à la robe s'est épongé le front avant de lire d'une voix monocorde sa décision expéditive, et Mouyeké a été condamné à six mois de prison ferme, 4 000 000 de francs CFA d'amende, cinq ans de privation des droits civiques, la salle a applaudi, le juge s'est levé, a dit aux policiers «envoyez cet escroc chez ses amis les rats qui l'attendent», et donc, après son séjour de six mois en prison, on a commencé à le voir venir ici, il ne parlait pas trop, ne discutait avec personne, mais nous savions tous que c'était lui le fameux sorcier-escroc qui voulait rendre son juge riche en cinq minutes trente secondes, disons que si j'ai tenu à parler de Mouyeké, c'est aussi parce que moi-même j'ai eu à me confronter à un sorcier au cours de ma vie, ce sorcier s'appelle Zéro Faute, mais bon, je ne crois pas que c'est le moment de rapporter ça, j'y reviendrai quand il le faudra, j'ai encore des choses à écrire et dont j'ai peur qu'elles ne me reviennent plus à l'esprit ce matin

y a quelques jours, quand j'ai quitté *Le Crédit
a voyagé* avec la résolution de souffler un peu, de
ne pas écrire, de ne pas relire ce cahier pendant un
bon moment, je suis allé errer vers le quartier Rex, à
l'ombre des jeunes filles en fleurs comme les aimait le
type aux Pampers du temps où il n'était pas encore
une loque qui suinte du fessier, donc je voulais me
faire plaisir pour une fois depuis des années bissex-
tiles, sans doute me disais-je que prendre mon pied
avec ces filles me décongèlerait un tout petit peu, et il
n'y a eu aucune jeune fille en fleurs qui a voulu de
moi, il n'y a eu aucune jeune fille en fleurs qui a voulu
que je tire un petit coup vite fait, un petit coup de rien
du tout, elles m'ont toutes dit « tu es trop vieux, tu
peux plus bander, tu vas me faire perdre mon temps,
va te faire voir ailleurs, va regarder les films de cul, va
dans une maison de retraite, tu es un bateau ivre, tu

pues, tu parles seul dans la rue, tu te rases pas, tu prends pas de douche, tu tiens pas debout», et moi j'ai répondu «je m'en fous», pourtant à soixante-quatre ans je peux au moins bander comme un étalon jadis glorieux mais désormais retiré des courses du PMU pour cause de vieillesse, c'est effrayant de voir que les gens ignorent qu'il ne faut jamais sous-estimer les vieux dinosaures, qu'il ne faut jamais les renvoyer à Jurassic Park, qu'il ne faut jamais donner un coup de pied de l'âne à un lion âgé, je sais pas qui a dit ça, mais les filles m'ont fait comprendre que j'étais dépassé, que j'avais fait mon temps alors que je confirme que le temps ne fait rien à l'affaire, et je me suis senti diminué, je me suis senti comme une épave ballottée par la mer, et pourtant j'avais dans mes poches de l'argent frais qu'on m'avait donné dans la rue, et pourtant je pouvais payer ma passe comptant, finalement je me demande si ces filles cherchent de l'argent ou bien des jeunes premiers, faudrait qu'elles le sachent, sinon on ne s'en sortira plus dans ce monde pourri, et voilà que la prostitution n'est plus ce qu'elle était, maintenant les filles se permettent de sélectionner leurs clients, bientôt elles exigeront d'être payées en livres sterling ou en francs suisses, or jadis, pour s'amuser, on pouvait passer une bonne soirée en contrepartie d'une boîte de sardines sans tête fabriquée au Maroc, voilà qu'est finie cette époque de l'État providence, et tout se joue maintenant avec l'apparence, l'habit fait désormais le moine, et donc pour venir chez les putes il faut à présent s'asperger de parfum Lazzaro, porter un costume Francesco Smalto avec une chemise de cérémonie de chez Figaret, c'était vraiment la fin d'une époque, et comme c'était ainsi le jour de mon pèlerinage vers le Rex, et puisque j'avais été évincé comme un vendeur de tapis, j'ai ravalé d'un coup sec mon orgueil et j'ai fait l'adieu aux armes en me disant « je m'en fous », et j'ai continué à vadrouiller dans le quartier, et comme y avait une panne d'électricité dans la ville entière, je ne voyais donc rien devant moi, y avait même pas de voitures qui me dépassaient, et alors, par coup de chance, toujours dans une de ces ruelles poisseuses de notre quartier, à la hauteur de la rue Papa-Bonheur, j'ai aperçu la lumière vacillante d'une torche, on me faisait signe de l'autre côté de l'artère, et quand je me suis rapproché, j'ai constaté que c'était une prostituée au seuil de la retraite, peut-être même avec un pied dans le cercueil et compagnie, donc j'ai quand même hésité parce que je me demandais si le jeu en valait la chandelle ou bien le candélabre, mais je me suis tout de même arrêté, un peu intéressé, et j'ai dit sans transition « c'est combien la passe », cette vieille bique au visage mitraillé de rides m'a toisé avec pitié et m'a répondu « tu sors d'où pour ne pas savoir combien coûte une passe dans ce quartier, hein, la passe ici c'est comme d'habitude, rien n'a encore changé parce que les temps sont durs pour tout le monde », et moi j'étais embarrassé parce que je ne connaissais vraiment pas le taux de change de la passe, j'ai donc bégayé et proféré « en fait, que je vous avoue, j'ai pas l'habitude de venir ici, si je suis là c'est pour passer du temps, je veux dire, c'est pour de la compagnie, y a plus de cent sept ans que j'ai pas vu la lune », elle m'a encore regardé avec pitié des pieds à la tête, « pauvre petit vieux, j'espère que tu vas pas tomber demi-mort sur moi », a-t-elle dit avant de me faire signe de la suivre, et elle a descendu une ruelle sinueuse et pestilentielle qui se perd vers les dernières habitations du quartier, et je l'ai suivie comme une ombre désespérée puisqu'elle n'avait pas dit non, donc elle était d'accord, donc je pouvais payer selon mon humeur, ma satisfaction et mon propre taux de change, et nous avons marché pendant une dizaine de minutes dans cette absence aveuglante de lumière, j'ai un moment cru qu'elle allait me tendre un guet-apens avec ses maquereaux et autres complices, on ne sait jamais avec les marchandes de joie, mais nous sommes arrivés devant une parcelle entourée d'herbes, elle a dit « c'est ici qu'on doit faire ça », et moi j'ai demandé « c'est chez vous ici, hein », elle a dit « de quoi je me mêle, tu es venu pour tirer ton coup ou pour connaître ma vie », et elle a poussé la porte d'une cabane préhistorique construite dans un coin de la parcelle, une famille soudée de chats noirs a décampé à toute vitesse en nous miaulant des insultes en verlan, et je me suis dit « *dans un coin perdu comme celui-là, si on est en train de t'égorger, le cri que tu pousses ne réveillera personne, y a même pas de voisins dans les parages, bigre, dans quel bourbier je me suis foutu, hein* », puis la vieille bique a disparu à l'intérieur de la cabane préhistorique, elle a allumé une lampe tempête et m'a appelé « tu viens ou tu viens pas, merde, j'ai pas que ça à faire », elle a dit comme ça, et je suis entré à mon tour dans la cabane préhistorique, non sans cacher mes tergiversations, disons plutôt mon appréhension grandissante, et la vieille bique a balancé son sac à main de l'autre côté de la pièce, elle a toussé, elle s'est raclé la gorge avant de s'étendre sur un matelas qui sentait à la fois la transpiration des aisselles d'un pousse-pousseur et l'odeur de champignons pourris, elle a soulevé sa jupe des années de l'Occupation alle-mande et a dit en faisant grincer son dentier « on m'appelle Alice parce que pour les merveilles c'est à moi qu'il faut s'adresser, pas à ces petites jeunettes qui tètent encore leur maman, allez, viens près de moi, mon chéri », or je ne ressentais plus aucun désir, je voulais sortir en courant, je voulais vraiment me barrer, et puis je me suis dit que mon attitude la frois-serait, peut-être que ma passe était pour elle la seule chance de la journée, et vu ses traits de fée Carabosse, les clients ne devaient pas se bousculer sur le trottoir, au contraire ils devaient changer de trottoir en l'apercevant avec sa perruque qui ne couvrait que le tiers de son crâne, son maquillage exagéré, son odeur de grand-mère, son dentier qui tenait à peine dans sa bouche comme un vampire, et moi je voulais sortir de cette cabane préhistorique, je n'étais plus du tout inspiré à cause de ces odeurs nauséabondes, mais faut jamais humilier les putes, vieilles ou pas vieilles, ça finit par vous retomber un jour sur la tête, et faut se dire que les putes sont d'abord et avant tout des êtres humains comme nous, elles ont leur orgueil, leur dignité, et quand elles sont humiliées elles sont capables de tout, elles deviennent alors des furies, et dire qu'il y a encore des gens qui pensent que ces femmes n'ont pas de cervelle et qu'elles réfléchissent avec leur instrument de travail, c'est faux, n'y a pas plus maligne qu'une péripatéticienne, je n'ai donc pas quitté la cabane préhistorique, je me suis étalé aux côtés de la vieille Alice, elle sentait la poudre qu'on utilise lors des veillées mortuaires pour repousser la putréfaction d'un cadavre, et les veines de son cou ressemblaient à des nervures d'un arbre séculaire sous lequel pissaient des hyènes, et j'ai vu les jambes d'Alice, maigres, arquées, « comment vas-tu mon chéri » a-t-elle dit, je ne lui ai pas répondu, elle devait

le dire à tous ses clients, et encore si elle en avait vraiment de temps à autre, donc Alice aux jambes maigres
et arquées a ôté la ficelle qui me servait de ceinture,
elle a déboutonné mon pantalon décati, elle a plongé
dedans sa main aux doigts distordus, elle a trouvé
mon truc plus que contracté, « je vais m'en occuper,
chéri, ton machin va être debout comme si tu avais
encore vingt ans, j'ai l'habitude, crois-moi », et elle a
commencé à convoquer ses souvenirs de jeune prostituée lorsque ses mains pouvaient encore faire perdre
la tête à un traîne-misère au bord du suicide, mais ses
gestes étaient veules comme ceux d'un albatros cap-
turé en haute mer par des hommes d'équipage qui
souhaitent s'amuser, et donc la vieille bique pétrissait
plus qu'elle ne caressait, et comme elle n'est pas par-
venue à grand-chose de concret, elle est devenue ner-
veuse comme un moustique d'étang, et cela m'a mis
de plus en plus mal à l'aise, j'essayais d'imaginer la
dernière fois que j'avais fait un peu d'alpinisme sur un
mont de Vénus, mais les souvenirs étaient si brouillés
que ne me parvenaient juste que quelques éclaircies,
et ce n'est pas avec des éclaircies qu'on peut redonner
du courage à un engin en panne sèche, alors la vieille
bique s'est levée, très vexée, elle a remis sa perruque
qui sentait l'huile de palme, sa jupe de l'époque de
l'Occupation, elle a repris son sac, elle a dit « tu me
fais perdre mon temps, tu n'es qu'un imbécile, un

pauvre vieillard », et je me suis mis debout à mon tour, je lui ai tendu deux billets de 10 000 francs CFA, elle a dit « garde ton pognon, crétin, l'humiliation que je viens de subir ne coûte pas 20 000 francs CFA », et Alice m'a presque poussé dehors c'est hier, à 4 heures du matin, que j'ai longé la rivière Tchinouka, les eaux étaient grises et silencieuses, j'ai dénombré quelques carcasses d'animaux domestiques jetées ici ou là par les riverains, j'ai parlé seul pendant longtemps, on m'a sans doute pris pour un fou, pour quelqu'un de perdu qui voyait des moulins à vent partout et qui les combattait dans une confrontation très épique, « je m'en fous », j'ai pensé comme ça, et j'ai continué à me parler, et alors quelques souvenirs me revenaient comme dans une remontée des cendres, je me suis dit que j'en veux beaucoup à cette rivière, que cette rivière est comme une lagune de la mort, que c'est elle la cause de mon malheur, la raison de ma colère, de mes irritations, j'aimerais tant me venger d'elle, lui dire de me rendre l'âme de ma mère qu'elle a avalée un jour de grand silence, mais je ne veux pas parler de ce chapitre dès à présent, je verrai ça un peu plus loin parce que j'ai pas envie de verser des larmes, et comme c'était le temps des chiens, comme c'était leur saison, j'ai donc vu des chiens qui s'accouplaient, j'ai ramassé une pierre que j'ai lancée vers eux, les chiens ont aboyé haut et fort leur mécontentement, ils ont décampé en me traitant de tous les noms d'oiseaux, de pauvre type, de minable, de gredin, de pauvre animal à deux pattes, j'ai dit « je m'en fous, je ne comprends pas votre patois de canidés, vous n'avez qu'à aboyer votre colère, je m'en bats l'œil », et j'ai poursuivi ma route de la faim, je voulais m'asseoir un moment, et puis j'ai plié les jambes comme une gazelle qui s'agenouille pour pleurer, en fait j'avais des vertiges à cause de la faim, j'ai ressenti une boule qui remuait dans mon ventre, je me suis mis à vomir des caillots de vin, je me suis dit « je m'en fous », et j'en ai profité pour chier au pied d'un manguier qui ne m'avait pourtant rien fait, c'est à ce moment qu'un riverain qui passait par là m'a dit « pauvre connard, vieux con des neiges d'antan, pollueur des espaces publics, à ton âge tu chies encore au pied des arbres, tu n'as pas honte », moi j'ai dit tout haut « je m'en fous, le con des neiges d'antan t'emmerde », et le riverain, furieux, a ajouté « c'est à moi que tu parles comme ça, espèce de soûlard, crève donc, imbécile », et j'ai encore dit tout haut « je m'en fous, tu crèveras avant moi, les cimetières de ce quartier sont bourrés de jeunes cons de ton espèce», et le riverain m'a menacé «ramasse ta merde ou je te balance dans la rivière», il était décidé à faire ce qu'il avait dit, et moi je ne voulais pas me noyer idiotement à cause d'une histoire de merde au pied d'un manguier, et comme c'était ma propre merde, je me suis mis à la ramasser, et le riverain a dit «qu'est-ce que tu fais, vieux, tu ne vas pas quand même ramasser ton caca à mains nues, tu peux le faire à l'aide d'un bout de bois, bordel de dieu», je ne l'ai pas écouté parce que y a jamais de l'écœurement lorsqu'on ramasse sa propre merde, c'est la merde des autres qui nous est insupportable, donc j'ai plongé mes mains dans mes excréments, le riverain a vomi, il s'est barré parce qu'il ne pouvait plus supporter cette scène scatologique, moi je me suis mis à rire et à rire sans m'arrêter

après cette errance, je suis arrivé vers le coup de 5 heures du matin au *Crédit a voyagé*, j'avais toujours en tête l'image des jambes d'Alice, maigres et arquées, je revoyais sa cabane préhistorique, puis me revenait à l'esprit cette scène de la merde que je ramassais à mains nues au lieu d'utiliser un bout de bois, ce qui fait que, vers 5 heures du matin, quand je suis arrivé ici, je puais encore la merde, j'ai somnolé sur un tabouret et me suis réveillé à cause de l'odeur du café que me proposait Dengaki, il a dit que c'était de la part du patron, j'ai jeté un coup d'œil vers l'étage, y avait encore de la lumière chez L'Escargot entêté, j'ai pris le café, on ne sert pourtant pas ce truc ici, le patron avait dû le préparer lui-même depuis là-haut, j'ai entamé une bouteille de rouge, une autre journée allait commencer, mais une journée pas comme les autres, me suis-je dit il est 1 heure ou 2 heures de l'après-midi et je vois que ce casse-pieds de toujours, L'Imprimeur, est arrivé au *Crédit a voyagé*, je ne sais pas pourquoi je l'appelle casse-pieds alors que j'avais jusqu'à présent une bonne impression de lui, mais n'y a que les imbéciles qui ne changent pas d'avis, donc L'Imprimeur a terminé sa promenade vers la Côte sauvage, et il est tout heureux, tout excité comme un type qui vient de recevoir un mandat du Sénégal, je ne l'ai jamais vu aussi en forme, qu'est-ce qui se passe donc, ah, je vois, c'était bien ça, je comprends maintenant pourquoi il est dans cet état, oui, je comprends maintenant, c'est parce qu'il tient entre les mains un exemplaire de *Paris-Match*, il en est fier, il frime, ses pieds ne tiennent plus au sol, et le voilà qui essaie d'expliquer aux autres gars les ennuis qui sont arrivés à un couple d'artistes français, un couple paraît-il célèbre, et il dit que c'est écrit noir sur blanc dans le magazine, il raconte que ces artistes sont harcelés par ceux qui se cachent dans les bosquets avec des appareils photo afin de surprendre les tétons ou la paire de fesses des divas, et y a des gens qui écoutent L'Imprimeur, y a des gens qui l'écoutent comme on écouterait le gourou qui fornique avec la femme du type aux couches Pampers, et comme il faut qu'il parle longtemps, L'Imprimeur raconte de nouveau son histoire de France, il dit qu'il a fait la France, que c'est Céline la Blanche qui est l'auteur de sa décadence, de son empire des ténèbres, il précise qu'il n'est pas fou, loin de là, que c'est Céline qui a couché avec son fils antillais, il raconte tout ça et les gens le regardent avec pitié, et alors y a un gars qui lui dit carrément qu'il aurait dû épouser une Africaine en France au lieu d'épouser une Blanche, les choses auraient été moins compliquées et se seraient arrangées à coups de machette rwandaise ici au pays, mais L'Imprimeur répond que les Africaines de France sont des coincées du derrière, des filles pleines de manières, il ne supporte pas leurs caprices, elles ne se prennent pas pour de la merde, ces filles, elles veulent qu'on soit à leurs pieds, L'Imprimeur ajoute que ces filles sont des matérialistes, elles regardent de près la voiture des mecs, leur maison, leur compte en banque, leurs actions à la Bourse de Paris, faut payer leur coiffure ridicule qui coûte la peau des fesses, faut payer leur loyer dans une chambre de bonne du XVIᵉ arrondissement parce que ces capricieuses, c'est le XVIᵉ arrondissement de Paris qui les intéresse même si elles doivent crécher dans des caveaux, faut payer ça, faut payer ci, c'est pour ça qu'elles traînent, c'est pour ça qu'elles chômant, c'est pour ça qu'elles vieillissent au pied de leur vanité, c'est pour ça qu'elles couchent avec des vieux Blancs qui ont le triple de leur âge, c'est pour ça qu'elles tombent parfois dans la prostitution parce que c'est plus facile de transformer son corps en marchandise que son cerveau en instrument de réflexion, et les gens se mettent à rigoler, L'Imprimeur est heureux de l'effet de masse qu'il suscite, « je suis pas du tout raciste, je vous dis », rappelle-t-il, et alors, alignant les préjugés les plus discutables, il enfonce encore les filles black de Paris, il les traite de tous les maux de la terre, il dit au passage que les Congolaises, faut même pas en parler, elles sont dépendantes à mort, elles jouent aux intellectuelles, il dit que les Camerounaises, y a pas pire qu'elles, elles sont tellement matérialistes et intéressées qu'on les appelle les *Cameruineuses*, il dit que les Nigérianes, mon Dieu, elles passent leur temps à se battre pour avoir une place sur le trottoir de la rue Saint-Denis, il dit que les Gabonaises, c'est encore une autre paire de manches, elles sont laides comme des morpions, il dit que les Ivoiriennes, c'est incroyable, elles sont des cuisses légères qui passent leur temps à remuer leur derrière, et les gens du *Crédit a voyagé* rigolent et rigolent encore, L'Imprimeur souligne quand même que sa place à lui n'est pas dans ce bar avec nous, et les autres l'écoutent avec plus d'intérêt, ils acquiescent, et ils se passent le *Paris-Match*, et L'Imprimeur rappelle qu'il dirigeait une équipe, avec de vrais Blancs, pas des Blancs qu'on voit chez nous et qui mangent du manioc et boivent de la bouillie béninoise, mais de vrais Blancs de France, et il précise que c'est eux qui imprimaient *Paris-Match*, je me dis qu'il est vraiment taré celui-là, je me dis qu'il faut qu'il change de disque

et voilà qu'après avoir amusé la galerie L'Imprimeur vient vers moi et me dit «je sais pas si on te l'a déjà dit, mon vieux, mais tu pues la merde, ça se sent de loin, tu as fait caca sur toi ou quoi, tu devrais prendre une douche, y a même les mouches qui te courent après», je ne réponds pas, je vais pas quand même lui dire que quelqu'un m'avait dit de ramasser la merde que j'avais déposée au pied d'un manguier, non, et L'Imprimeur ajoute «bon, ta merde c'est pas mon affaire, je voulais plutôt te dire que j'ai avec moi, ici même, le dernier numéro de *Paris-Match*, j'ai acheté ça ce matin quand je faisais mes cent pas vers la Côte

sauvage, vas-y, jette donc un œil, y a de la fesse dedans,
et c'est gratuit », je prends le magazine par politesse, je
le feuillette, je tombe sur un gars qui s'appelle Joseph,
un peintre nègre amaigri par la maladie, les yeux clos,
la chemise moutarde, la photo dans le journal le
montre assis dans une chambre d'hôpital avec ses
toiles et ses instruments de travail à côté, il paraît vraiment très rongé par la maladie, y a même à son chevet
un livre consacré au peintre Picasso, livre sur lequel le
malade a posé ses pinceaux, j'apprends que personne
ne connaît le vrai nom de ce peintre nègre, pas même
son identité, j'apprends aussi que c'est un peintre des
rues de Paris, un peintre d'un quartier de là-bas qu'on
appelle *Le Marais*, mais j'apprends surtout avec émotion, quelques lignes plus loin, qu'il vient de mourir à
la suite d'un cancer, on rapporte avec détails qu'il
était hospitalisé depuis deux mois dans un service de
pneumologie de l'hôpital Saint-Antoine, il vivait au
rythme des séances de chimiothérapie, il était un sans
domicile fixe, il créchait donc dans la rue, buvait
des bouteilles et des bouteilles de whisky, fumait des
paquets et des paquets de cigarettes, j'ai comme de
l'affection pour ce personnage qui me ressemble un
peu physiquement, et la journaliste de *Paris-Match*,
une certaine Pépita Dupont, a interviewé ce Van
Gogh nègre huit jours avant sa mort, et je constate
que le Nègre en question était une vraie bibliothèque

ambulante, il a lu les Arthur Rimbaud, les Benjamin
Constant, les Baudelaire et surtout Chateaubriand et
ses *Mémoires d'outre-tombe*, il parle comme un livre, il
trouve la formule qu'il faut, il épate la journaliste, il
parle aussi de peintres illustres dont je lis pour la première fois les noms parce que je ne m'y connais pas
en matière de peinture, il cite donc des peintres qui
s'appellent William Blake, Francis Bacon, Robert
Rauschenberg, James Ensor et bien d'autres encore,
et la journaliste dit que ce peintre nègre aurait pu disparaître dans l'anonymat total, c'est quelqu'un qui l'a
découvert par hasard et s'est lié d'amitié avec lui, et ce
sauveur est un avocat, il a trouvé Joseph couché sur le
trottoir avec ses toiles, l'avocat emménageait en fait
dans l'immeuble devant lequel le Van Gogh nègre
s'était étendu pour passer la nuit, et l'avocat avait failli
buter contre ce type endormi sur ses chefs-d'œuvre,
et ils ont discuté, l'avocat est tombé amoureux de cet
art original, il a regardé de près les toiles, il en a acheté
quelques-unes, et il est devenu un grand ami du Van
Gogh nègre, ils discutaient tous les jours, l'avocat
n'en revenait pas que cet art original soit passé
inaperçu, mais il savait que l'art, le vrai, subit toujours
l'indifférence, le génie est souvent victime de la cécité
des contemporains, de la conjuration des imbéciles,
et l'avocat était en face de ce qu'on appelle un artiste
maudit, et il voulait à présent l'aider, le propulser

au-devant de la scène, le faire connaître dans le Tout-Paris, dans le milieu très fermé et ringard de l'art, et il l'a présenté à un type bien qui s'occupe de la fondation Dubuffet, là encore c'était le coup de foudre, le type de la fondation Dubuffet a dit que ce Van Gogh nègre avait du génie, n'y avait pas de doute, donc l'avocat et ce type bien de la fondation Dubuffet voulaient transformer la vie de Joseph en un véritable conte de fées, malheureusement Joseph a quitté cette terre très vite, il a préféré aller exercer son art à côté de ses illustres maîtres, les Picasso, les Rauschenberg et les autres, et on sait que pour les grands artistes la gloire ne vient qu'après la mort, les vivants ont beau s'agiter, recevoir des lauriers, ce n'est que du succès mais pas la gloire, le succès est une étoile filante, la gloire est un soleil, et si celui-ci se couche dans cette région, c'est pour se lever ailleurs, c'est pour éclairer d'autres contrées, c'est pour répandre les rayons de la gloire, et il paraît même que le vrai Van Gogh n'avait vendu qu'une seule toile de son vivant, et depuis que Joseph est mort, d'après *Paris-Match*, sa cote augmente tous les jours, les collectionneurs appellent du monde entier pour s'arracher ses peintures qu'il exécutait sur des cartons en papier en inscrivant toujours des phrases tirées du *Comte de Monte-Cristo*, et il semble que ce Van Gogh nègre connaissait par cœur des passages et des passages entiers de ce livre d'Alexandre

Dumas, et puis quand il parle de Chateaubriand, Joseph dit que c'est grandiose et ajoute «*il écrit avec un fouet, il vous apostrophe, j'ai dévoré* Atala, *et j'ai pleuré quand j'ai découvert après coup que le père de Chateaubriand avait été un marchand d'esclaves, et il n'en a jamais parlé dans ses* Mémoires», et moi, en lisant ça dans *Paris-Match*, ce qui me touche le plus c'est surtout son courage face à la maladie qui allait l'emporter, il dit en effet «*la maladie me bouffe mon temps, et c'est grâce à la peinture que je m'en sors, je chasse cette saloperie de cancer à coups de pinceau*», et pendant que je tente de finir la lecture de cet article émouvant sur Joseph le Van Gogh nègre, L'Imprimeur me secoue, me menace et tente même de m'arracher le magazine «merde, Verre Cassé, magne-toi, qu'est-ce que tu as à t'attarder sur les morts, ce type ne vaut rien, je veux même pas regarder sa photo, c'est un paumé, c'est un déchet, allez, tourne la page», et je saute quelques pages, il s'écrie «vas-y mollo, tu viens de sauter la page où y a les fesses, c'est la page 13», et je reviens à la page 13, y a en effet de la fesse exposée, mais franchement c'est un peu flou de tous les côtés, et je boude, et je boude encore, je lui dis «qui me prouve que la photo n'est pas truquée, hein, je vois pas bien clair, on peut mettre les fesses de n'importe qui», L'Imprimeur pousse un cri de colère, il n'aime pas qu'on doute de *Paris-Match*, il ne supporte pas la contradiction à ce sujet, et il s'emporte donc «qu'est-ce que tu me racontes-là, Verre Cassé, hein, qu'est-ce que tu me racontes-là, tu es fou ou quoi, comment un type de plus de soixante balais comme toi, comment un sage de ton niveau peut dire des conneries comme ça, hein, tu veux donc insinuer que cette photo c'est pas vrai, c'est ce que tu veux dire, hein, donc tu crois qu'un magazine comme *Paris-Match* va mettre des photos qui ne sont même pas vraies, tu vois pas que c'est en couleurs, tu vois pas que c'est des photographes professionnels qui risquent leur vie, tu vois pas que c'est des journalistes sérieux qui écrivent dedans, tu vois pas que ces fesses-là c'est des vraies fesses qui font rêver le Français moyen avec son béret basque et sa baguette, merde alors, faut croire que tu es vraiment aveugle», et moi je dis entre les lèvres comme si je craignais sa réaction «oui, mais quand même faut pas croire tout ce qu'on voit dans les canards, ces gens-là peuvent vous vendre n'importe quoi tant qu'il y a ceux qui achètent», alors il s'énerve de plus en plus «écoute Verre Cassé, d'abord ce magazine, c'est pas un canard, ça c'est quelque chose de sérieux, c'est du béton armé, et je peux te le jurer puisque c'est nous-mêmes qui l'imprimions en France, je te dis que tout ce qui est dedans est vrai, et c'est pour ça que tout le monde l'achète, les hommes politiques, les grandes vedettes, les chefs d'entreprise, les acteurs célèbres se battent pour être dedans avec leur famille, devant leur maison, avec leur chien, avec leur chat, avec leur cheval, et même, je vais te dire, quand ces hommes politiques de là-bas sont condamnés ou mis en examen dans de sales affaires de corruption, de fausses factures, d'attribution de marchés publics, de trafic d'influence et tout le bazar, ces hommes politiques veulent poser avec leur famille dans *Paris-Match* pour montrer qu'ils sont des types bien et que ce sont les jaloux et les adversaires politiques qui leur cherchent noise pour qu'ils ne se présentent pas aux prochaines élections, est-ce que tu vois le problème, hein, regarde donc à la page 27 et tu verras cet homme politique-là, il est pourri, avec beaucoup de casseroles au cul, il est impliqué dans les affaires les plus louches de France, mais il est dans *Paris-Match*, et ça fait bien, c'est moi qui te le dis», et moi je me concentre plutôt sur la page 13 où y a des fesses floues, «je m'excuse, mais je persiste à croire que c'est pas une vraie photo, ça se voit à l'œil nu», et il m'arrache violemment le magazine des mains, vexé, diminué dans son orgueil, il s'éloigne de moi en maugréant des paroles méchantes «tu es vraiment un vieux con des neiges d'antan, jusqu'alors je pensais que tu étais un type bien, mais faut croire que la vieillesse te ronge maintenant la cervelle, et puis tu pues le caca, va donc te laver», et il crache par terre avant de rajouter «on n'a pas les mêmes valeurs, toi tu es d'une autre époque, tu es un homme du passé, je ne sais pas ce que tu fous ici, je veux plus te parler, c'est fini, je m'éloigne de toi, merde, tu oublies donc que moi j'ai fait la France, hein, personne ici n'a vu la neige tomber, personne ici n'a vu les Champs-Élysées, l'Arc de Triomphe », et sur ce il s'éloigne, furieux, décontenancé, et je me dis au fond de moi-même *« je m'en fous, le vieux con des neiges d'antan te dit merde trois fois »*, le voilà maintenant qui s'est assis au milieu de quelques cons ivres morts, ceux-ci discutent du match qui a opposé les redoutables Requins du Sud aux tenaces Caïmans du Nord, il paraît que ce sont les Caïmans du Nord qui ont gagné avec un score indiscutable de 2-0, mais il paraît aussi qu'au match aller les Requins du Sud avaient gagné avec le même score indiscutable, donc y aura logiquement un autre match dans quinze jours d'après ce que disent les cons qui en discutent à bâtons rompus comme des impotents qui s'ennuient, et L'Imprimeur coupe leur bavardage sportif « hé, les gars, qu'est-ce qui se passe ici, hein, où suis-je donc, vous avez perdu la tête ou quoi, soyons sérieux, putain, y a beaucoup de choses plus importantes que ces petits matches de barbares », et il fait circuler son magazine qui fait le bonheur de quelques-uns et le malheur de ceux qui adulent le football je me lève pour me dégourdir un peu les jambes et grignoter quelque chose, je me dis que cette journée est étrange, elle avait commencé vers les 5 heures du matin avec de la merde que j'avais ramassée, c'est pas un bon signe, maintenant tout le monde est sur les nerfs, je crois que c'est ma dernière journée dans cet établissement même si je n'en suis pas convaincu moi-même, mais je suis persuadé que c'est la dernière journée, il faut apprendre à finir, je me dis ça pendant que je sors du bar avec mes illusions perdues, et je traverse l'avenue de l'Indépendance, y a Mama Mfoa qui vend des brochettes de viande juste en face du *Crédit a voyagé*, elle est chauve et chante de temps à autre pour nous amuser, c'est pour cela qu'on l'appelle affectueusement La Cantatrice chauve, elle vend des soles grillées, du poulet-télévision et du poulet-bicyclette, j'aime pas le poulet-télévision parce que ça se prépare au four à micro-ondes, donc moi c'est plutôt le poulet-bicyclette préparé à l'air libre avec des braises ardentes, et les mauvaises langues prétendent que notre Cantatrice chauve met des fétiches dans sa nourriture, que c'est pour ça qu'elle a toujours des clients même quand les temps sont durs, ces mauvaises langues disent aussi que ses brochettes délicieuses ne sont que des morceaux de chien ou de chat du quartier, mais c'est pas ça qui me ferait régurgiter, je ne crois pas à ces balivernes, et si vraiment cette viande c'est la viande de chien ou de chat du quartier, il faut alors en conclure que le chien ou le chat du quartier c'est bon à manger, donc nous tous-là, on a déjà goûté au chien ou au chat du quartier, c'est vrai qu'il y a beaucoup de monde autour de son petit commerce, je pense que c'est parce que La Cantatrice chauve est gentille, c'est parce que c'est une vraie mère poule, elle a toujours un mot doux pour chacun de nous, c'est à peine si elle exige d'être payée, on doit la supplier pour qu'elle prenne de l'argent, elle dit toujours « c'est pas grave, papa, tu payeras quand tu auras l'argent », et nous, on ne peut pas accepter cette largesse parce qu'il faut bien qu'elle paye son loyer, qu'elle fasse manger sa famille, et quand on paye elle remplit l'assiette plus que toutes les autres vendeuses du quartier, y en a même qui choisissent leurs boulettes de viande dans la marmite, et elle nous donne des morceaux de manioc gratuits, c'est sa façon à elle d'attirer les clients du quartier Trois-Cents, c'est pour ça qu'on l'aime bien, tout le reste c'est de la mauvaise littérature négro-africaine des rives de la Seine, c'est du brouhaha, les gens parlent mais mangent quand même des brochettes de chien ou de chat du quartier, c'est incroyable ça, et ils disent même que son huile-là qu'elle utilise pour frire est un mélange bizarre de ses crachats et de ses propres urines et que c'est pour ça que les brochettes ont le goût des boulettes de la cuisine japonaise, c'est du pipeau, je n'y crois pas, Mama Mfoa est une citoyenne honnête, comme d'ailleurs L'Escargot entêté, ce sont des gens qui n'auront rien à se reprocher le jour du Jugement dernier, ils ont leur place déjà réservée et numérotée au paradis

notre gentille Cantatrice chauve me voit donc arriver devant son petit commerce, elle sourit et me dit « alors on mange quoi aujourd'hui, papa Verre Cassé, hein, tu as l'air d'avoir mauvaise mine », elle appelle tous les clients du *Crédit a voyagé* « papa », c'est une manière à elle de nous montrer son affection, je lui dis alors de me servir un bon poulet-bicyclette avec beaucoup de piment, je lui dis de me donner aussi du manioc, je prends le tout, je paye, elle me dit « tu devrais arrêter quand même de boire, papa, c'est pas bon, ce vin rouge de la Sovinco », et moi je lui réponds « j'arrête aujourd'hui, c'est mon dernier jour et mes derniers verres de vin, je te jure », elle sourit et ajoute « je suis sérieuse Verre Cassé, boire c'est pas bon, regarde comment tu es maigre comme ça, toi qui étais un bel homme, tu meurs tous les jours, laisse donc tomber la bouteille », et je lui promets de nouveau que j'arrêterai le culte de la bouteille de vin rouge aujourd'hui à minuit, « je ne te crois pas, et qu'est-ce que tu vas boire si tu arrêtes, hein », elle me demande comme ça, je lui dis que je vais boire de l'eau plate, beaucoup d'eau plate, elle remue la tête, très incrédule, et me dit « je ne demande qu'à voir et puis, papa, pense à prendre quand même une douche, je sais pas si tu t'es assis sur de la merde, mais ça sent très fort », je me dis que c'est encore cette odeur de merde qui est restée, je la regarde retourner le poulet-télévision dans le four à micro-ondes, plonger des carpes dans de l'huile bouillante, s'éponger le visage avec le revers de sa main droite, y a même sa transpiration qui retombe dans la marmite, mais on s'en fout, c'est tout ça qui donne du goût à ses plats, et je me dis que cette femme est tout de même un personnage extraordinaire, elle est assise au milieu de ses ustensiles de cuisine, le cœur à l'ouvrage, et je me demande si vraiment c'est pour gagner son pain de chaque nuit qu'elle fait ça, c'est peut-être pour l'amour de son prochain, et pendant que je pense à ça, elle me répète « boire c'est pas bien, papa, un jour il faut t'arrêter, je connais des gens qui sont allés tout droit au cimetière Etatolo à cause de la bouteille, je te dis que le cadavre d'un soûlard est effrayant à voir, la peau est bizarre, rouge comme le vin, c'est affreux, et je veux pas que ton cadavre soit comme ça le jour de ta mort, tu vois ce que je veux dire, hein », et elle me parle du gars qui s'appelait

Demoukoussé, un soûlard devant l'Éternel, sa peau avait rougi, y avait de gros champignons qui poussaient dessus, Demoukoussé n'avait jamais bu de l'eau d'après Mama Mfoa, et il est mort un jour dans un buisson du quartier Fouks avec sa bouteille de verre entre les mains, on l'a enterré avec un casier de vin comme il l'avait précisé dans son testament qu'on n'avait pas trahi, mais j'ai pas connu ce type, il n'est jamais venu au *Crédit a voyagé*, c'est pour ça que ça ne sert à rien que je m'attarde sur lui, ce serait de la compilation inutile, et donc Mama Mfoa constate qu'après son histoire de Demoukoussé qu'elle m'a racontée je ne lui réponds pas, elle me dit alors «papa, je m'excuse, mais j'espère que tu n'es pas fâché, hein, je disais ça parce que je t'aime bien, je ne l'aurais pas dit si je ne t'aimais pas, crois-moi, papa, je ne veux pas que tu meures comme Demoukoussé, tu mérites mieux que ça», et elle me sert enfin, et je prends mon poulet-bicyclette, je le hume, il est bien cuit, l'oignon me fait éternuer, elle me regarde et murmure d'une voix douce «bon appétit mon petit papa», et je retraverse l'avenue de l'Indépendance pour aller manger dans mon coin habituel en fait quand le patron du *Crédit a voyagé* me demande « et toi Verre Cassé, est-ce que ça se passe bien de ton côté », je ne vois vraiment pas ce que je peux lui répondre, il sait tout de moi, il sait pourquoi je passe ma vie ici, il sait bien que c'est à cause d'Angélique, il avait bien vu Angélique venir me chasser de ce bar il y a plusieurs années alors qu'il n'avait même pas terminé la toiture de son établissement, et que puis-je donc lui dire de plus, moi je n'ai rien à ajouter, mais il est vrai que j'écris dans un cahier, j'ignore qui d'autre pourrait le lire, et ce lecteur indiscret ne saura rien de tout ça s'il n'est pas de notre sérail, et il se demandera bien ce qui m'était arrivé à moi, il se dira « c'est bien de parler des autres, c'est bien de manger son poulet-bicyclette assis dans un coin, c'est bien tout ça, mais que t'est-il arrivé à toi, Verre Cassé, parle-moi de toi, dis-moi tout, ne tourne pas en rond, confesse-toi », donc il faut bien que je parle de moi aussi, il faut que le lecteur indiscret sache un peu pourquoi je suis tombé si bas sans parachute, il faut qu'il sache pourquoi je passe maintenant mon temps ici, que ça ne soit plus un vide dans son esprit, lui à qui je ne cesse de répéter que je suis un fossile de ces lieux, et alors, pour commencer, je dois préciser qu'Angélique c'est le prénom de mon ex-femme, mais quand je parle d'elle, je l'appelle Diabolique, et tout au long de mon cahier je vais l'appeler Diabolique, oui je l'appellerai comme ça, elle n'a rien d'un ange, elle est tout le contraire, c'est pas comme ça que les anges, mêmes dissipés, agissent, car Diabolique, elle a passé plus de quinze années à mes côtés, et pendant toutes ces années elle a caressé l'espoir de me démontrer que sa cambrure était plus excitante que celle d'une bouteille de vin rouge, et moi j'ai passé plus de quinze années à lui démontrer le contraire parce que avec une bouteille je peux la boire n'importe quand, n'importe comment, n'importe où, ça dépend de moi, de ma volonté, de l'heure à laquelle j'arrive au *Crédit a voyagé*, mais avec Diabolique, c'était comme si j'étais pas en présence d'une femme

je sais que mon poulet risque de refroidir, je sais qu'il faut que je mange, mais je dois dire quelques

mots concernant ma vie, concernant Diabolique, et
donc, au début, cette femme venait me tirer de ce bar
pour me ramener à la maison, mais je revenais aussitôt qu'elle s'était couchée, et le lendemain elle pleur-
nichait, elle disait qu'on ne se voyait plus, que notre
cohabitation devenait infernale, moi je rentrais toujours au premier chant du coq qui se perchait au faîte
du manguier de notre concession, et certaines fois
je dormais carrément au pied du manguier, j'étais
réveillé par les fientes chaudes et diarrhéiques de ce
coq qui se perchait au faîte pour annoncer l'aube
d'un autre jour, et alors, quand Diabolique ouvrait la
porte le matin, elle me trouvait dehors au milieu de
mes urines, de mes défécations liquides et noirâtres,
elle fondait en larmes, appelait les voisins dans l'espoir
que la honte me ferait changer mes mœurs, et je disais
merde aux voisins que je ne voulais pas connaître, je
réclamais le respect de ma vie privée, et un de ces voisins, celui que je détestais le plus, disait « il n'y a plus de
vie privée quand on dérange son entourage comme ça,
la liberté des uns s'arrête là où commence celle des
autres », ce type se la jouait philosophe des Lumières,
nous avions même failli en venir aux mains parce qu'il
voulait sans cesse me prouver qu'il avait plus de
culture générale que moi, bon, toujours est-il qu'un
jour, au bout du petit matin, Diabolique a dit haut et
fort que trop c'était trop, que sa patience avait des

limites, qu'elle n'allait pas passer sa vie à veiller sur un cadavre ambulant comme moi, que je lui causais des misères chroniques, elle a dit aussi que je n'étais qu'un marchand de larmes, que je marchais sur la tapisserie de son temps présent, et donc les choses étaient claires, je devais faire mon choix une bonne fois pour toutes, je devais choisir entre elle ou l'alcool, c'était un choix très cornélien, alors j'ai dit oui à l'alcool, et elle a commencé à pleurnicher les soirs quand je ne rentrais pas ou me couchais au pied du manguier de notre concession, elle en parlait avec notre voisin philosophe des Lumières qui disait alors que c'était comme si j'étais mort, comme si j'étais un fantôme de l'Opéra, comme si j'étais l'homme au bâton, et Diabolique approuvait ces envolées philosophiques au rabais, elle ajoutait qu'elle aurait souhaité ma mort rapide et soudaine à la place de cette mort à crédit qui la faisait bien plus souffrir, elle aurait souhaité ma mort afin de recouvrer un peu de liberté dans sa vie, elle disait qu'elle n'arrivait plus à soutenir le regard des gens du quartier, qu'on se moquait d'elle, que même les chiens aboyaient en la voyant passer alors que ce n'était pas elle qui buvait, elle jurait que si ça continuait comme ça elle irait se jeter dans la rivière Tchinouka, et moi je la consolais, je trouvais des arguments en béton, je disais par exemple, d'un air grave et sérieux, que boire c'était mieux que fumer, mais elle m'objectait tout de suite que boire ou fumer c'était le tabac de la même pipe ou l'eau du même robinet, donc il ne fallait pas boire, donc il ne fallait pas fumer sinon c'était le départ pour l'autre monde à tombeau ouvert, et moi je riais encore, je ne voyais pas ce que je faisais de mal en buvant, en plus je n'ai jamais frappé Diabolique, c'est plutôt elle qui me poussait, m'engueulait quand elle était fâchée, c'est bien ce qui se passait, pourtant j'étais et suis resté un buveur passif et non agressif, elle n'ignorait pas que je savais ce que voulait dire la non-violence, que mon poster préféré c'était celui où l'on voyait Luther King regarder l'image de Gandhi, il n'y a pas mieux que ça pour montrer que j'étais un partisan de la non-violence, c'est pas moi qui m'attaquerais au deuxième sexe, pourquoi le ferais-je, hein, et alors je lui deman-dais « est-ce que moi je t'ai battue un jour, est-ce que moi j'ai même agressé quelqu'un dans la rue, est-ce qu'on est venu ici se plaindre de moi, jamais, c'est pas demain que je lèverai la main sur quelqu'un, tu as beau me traiter de tous les noms d'oiseaux migra-teurs ou sédentaires, tu as beau me prendre pour un homme approximatif, tu as beau me rabaisser devant les gens, je m'en bats l'œil, nous sommes venus sur terre chacun avec son fardeau, donc tu ne me pousse-ras pas plus bas que ça, je sais ce que je fais même si je bois, donc je me moque de ton cinéma en noir et blanc », c'est ce que je n'arrêtais pas de lui dire, je le jure sur la tombe de ma mère noyée dans les eaux grises de la Tchinouka

et Diabolique expliquait à qui voulait l'entendre que le diable m'habitait, m'envoûtait, que j'étais le captif d'une créature tenace qui portait une longue queue pointue, une créature qui me charmait avec ses yeux de volcan, et elle expliquait que je faisais le jeu de ce démon, que lorsque je parlais c'était en réalité Satan qui expliquait la terre au bon Dieu, et comme je ne comprenais pas toutes ces histoires, je ne demandais qu'à voir, c'est pourquoi un jour elle a annoncé *urbi et orbi* qu'elle allait me donner une dernière chance, que je devais la saisir, qu'il n'y aurait plus de sursis, de période de probation, elle a dit « c'est bien de boire mais faut pas polluer l'existence de ceux qui ne boivent pas, c'est quoi cette histoire, tu crois que je vais passer ma vie comme ça, hein », en fait, disait-elle encore, l'alcool fait plus de mal à ceux qui ne boivent pas qu'à ceux qui le consomment, et quand je consommais c'était comme si c'était elle qui consommait, et donc elle se soûlait deux fois plus que moi, c'est en fait notre voisin philosophe qui l'avait bassiné avec ces théories hasardeuses qu'elle avait prises au sérieux, et ce voisin disait que Diabolique était une «victime par ricochet», ce voisin me cassait vraiment les pieds, et moi je riais de ce genre d'extrapolations venant d'une personne qui n'avait même pas fait des études de médecine à Paris, d'ailleurs y a certains docteurs qui fument comme des pompiers stagiaires, faut tout de même pas exagérer, comment donc ce que je bois, moi, peut se retrouver dans son ventre à elle et la soûler comme si c'était elle qui avait bu, Dieu n'est pas n'importe qui, voyons, nous avons été conçus en détail, y a pas de liens invisibles entre deux estomacs différents, à chacun sa pinte, à chacun son intestin grêle et son pancréas, ma bile c'est ma bile, sa bile c'est la sienne, c'est tout, et c'est ce que j'avais répondu à Diabolique et à notre voisin philosophe des Lumières, mais c'était la dernière chance que ma femme allait me donner, j'attendais de voir sa straté-gie après que j'aurais refusé de me plier à ses injonc-tions, et elle a dit «je rigole pas quand je te dis que c'est la dernière chance que je te donne, ça va mal finir cette histoire, c'est moi qui te le rappelle», et je riais en disant «paroles, paroles», je continuais à cuver, à avaler des gorgées de rouge, à décapiter, à éventrer les pauvres bouteilles innocentes de la Sovinco, j'ou-bliais même que j'étais marié, que Diabolique était ma femme et, un jour, des voisins convertis à la reli-gion musulmane étaient venus me tirer du *Crédit a voyagé* pour me dire que mon épouse avait été mordue par un serpent, j'ai dit que j'étais pas marié et que les histoires de serpent n'amusaient plus aucun enfant noir, et j'ai entendu ces voisins musulmans murmurer qu'Allah aurait mieux fait de me retirer cette vie que je ne méritais plus, ils ont dit que je n'étais plus qu'une silhouette, un fantôme sans sépulture, or ces voisins musulmans avaient raison, ma femme avait bien été mordue par un de ces serpents noirs qui pullulent dans le quartier Trois-Cents comme s'il n'y avait plus d'espace vital pour eux dans les savanes boisées, même les serpents s'étaient mis à l'heure de l'exode rural, et ils n'avaient pas trouvé d'autre cible que Diabolique, mais moi j'en avais rien à foutre, j'avais mes pensées ailleurs, et c'est peut-être cette histoire de serpent noir qui avait tout foutu en l'air au point de pousser Diabolique à précipiter les choses

et alors, un jour de grand soleil, ma belle-famille a débarqué à la maison, elle a tenu un petit conseil de guerre ethnique, et j'étais l'objet de leur discussion byzantine, moi Verre Cassé, ils ont parlé de moi en long et en large, ils ont pris un décret me concernant, et ils m'ont condamné par contumace parce que je ne m'étais pas présenté devant leur tribunal, c'était comme si j'avais pressenti le traquenard que ces gens

me tendaient, en fait mon instinct avait parlé, j'avais
déserté la maison depuis la veille, et c'est ainsi que
j'avais échappé de justesse aux griffes de ces intolé-
rants, de ces pourfendeurs des droits de l'homme, de
ces trouble-fête, de ces fils du chaos, de ces fils de la
haine, or c'était sans compter avec la vigilance et la
rancœur de Diabolique qui savait où me trouver, et
elle a traîné ce comité d'accueil familial dans la rue, le
long de l'avenue de l'Indépendance, même les pas-
sants croyaient que c'était la grève des *battù*, ces
pauvres gens du quartier Trois-Cents, parce que, il
faut le dire, mes ex-beaux-parents sont vraiment des
gueux, des chemineaux, des ploucs avec des vête-
ments à la fois crasseux et usés, c'est normal c'est des
pauvres moujiks de l'arrière-pays, ils ne pensent qu'à
cultiver la terre, à épier l'arrivée de la saison des
pluies, et, cupides comme ils sont, ces gars sont
capables de vendre des âmes mortes au premier
demandeur, ils n'ont pas de manières, ils n'ont jamais
appris à manger à table, à utiliser une fourchette, une
cuillère ou un couteau de table, c'est des gars qui ont
passé leur existence de ploucs à traquer les rats pal-
mistes et les écureuils, à pêcher les poissons-chats, et
on ne peut même pas discuter culture avec eux parce
que, comme dit le chanteur à moustache, ils n'ont
vraiment pas l'esprit beaucoup plus grand qu'un dé à
coudre, et donc ces hommes des cavernes sont venus

me tirer de mes nobles préoccupations au *Crédit a voyagé*, ils m'ont lu la condamnation par contumace, ils avaient décidé de m'emmener chez un guérisseur, un féticheur, ou plutôt chez un sorcier nommé Zéro Faute pour que celui-ci chasse le diable tenace qui habitait en moi, pour qu'il m'ôte l'habitude de me dorer sous le soleil de Satan, et nous devions aller là-bas, chez cet imbécile qu'on appelait Zéro Faute, moi je n'avais pas peur, je voulais les emmerder, et j'ai dit « laissez-moi tranquille, est-ce que quand je bois mon pot je provoque quelqu'un, pourquoi tout le monde est contre moi, je veux pas aller chez Zéro Faute », et tous ces braves gens de ma belle-famille ont dit en chœur « tu dois venir avec nous, Verre Cassé, tu n'as pas le choix, on t'emmènera là-bas, même dans une brouette s'il le faut », j'ai répondu en hurlant comme une hyène prise dans un piège à loups « non, non et non, plutôt crever que de vous suivre chez Zéro Faute », et comme ils étaient nombreux ils m'ont attrapé, ils m'ont bousculé, ils m'ont menacé, ils m'ont immobilisé, et moi je criais « honte à vous gens de peu de foi, vous ne pouvez rien contre moi, a-t-on jamais vu un verre cassé être réparé », et ils m'ont installé de force dans une brouette ridicule, et tout le quartier riait devant cette scène inédite parce qu'on me traînait comme un sac de ciment, et moi j'insultais Zéro Faute tout au long de mon chemin de

croix pendant que ma femme parlait toujours du serpent noir qui l'avait mordue, et je demandais de quel
serpent noir il s'agissait, «c'est le serpent de Satan,
c'est toi qui l'as fait venir, jamais de ma vie je n'avais
été mordue par un serpent noir» criait-elle, et moi je
continuais à dire «serpent noir, vraiment noir, et comment tu l'as vu dans la nuit puisqu'il était noir», elle a
failli renverser la brouette avant que sa tante ne la
tranquillise et lui dise «calme-toi ma nièce, Zéro
Faute va s'occuper de lui dans peu de temps, on verra
bien tout à l'heure si le diable et le bon Dieu peuvent
manger ensemble sans que l'un d'eux n'utilise une
cuillère à long manche»

et ils m'ont embarqué de force chez Zéro Faute, je
fredonnais je ne sais plus quel air, mais qui donc peut
savoir pourquoi chante l'oiseau en cage, hein, et je fredonnais sans doute le chant de Salomon, la brouette
cahotait, manquait de se renverser, je ne sais pas par
quel miracle je tenais dedans, et ces gens se relayaient
pour la pousser, je les faisais vraiment chier parce que
je rotais et menaçais même de faire pipi ou caca, et
nous sommes finalement arrivés au faîte d'une col-
line, devant la vieille cabane de Zéro Faute, de l'autre
côté de la rivière Tchinouka, et le sorcier qui nous
avait vus venir de loin a dit «mécréants, enlevez vos

chaussures de merde, chassez vos mauvaises pensées, vous êtes ici chez moi, vous êtes dans le royaume des ancêtres », et tout le cortège s'est exécuté comme si ces paroles venaient de l'Esprit saint en chair et en os, ma femme a enlevé mes petits souliers *manu militari*, et ils ont jeté mes petits souliers dans un coin, j'ai dit à ma femme « n'oublie pas mes petits souliers », et ils ont donné des cadeaux à Zéro Faute qui roucoulait des mercis en do majeur mais qui ressortaient en dièse tellement ce type était louche, et donc j'ai vu tout de suite que ce Zéro Faute était tout sauf un vrai guérisseur, il ressemblait au type qui avait voulu rendre un juge riche, ce type dont j'ai parlé au début de ces derniers feuillets et qui s'appelle Mouyeké, et Zéro Faute aussi était tout sauf un vrai sorcier parce que, mine de rien, je sais quand même reconnaître les sorciers authentiques, et il n'était même pas un gentleman escroc, il était le Grand Escroc, et moi je l'ai défié, j'ai dit à ce Grand Escroc « si toi-là tu es un vrai guérisseur, si toi-là tu es un sorcier comme il faut, alors devine ma date et mon lieu de naissance devant tous ces témoins, parle de mon arbre généalogique, donne-nous une preuve de ta science occulte », et mes beaux-parents, ces moujiks capables de vendre des âmes mortes, ces *battù*, ces croquants et ces croquantes m'ont regardé avec de gros yeux, ils m'ont crié dessus, ils ont crié haro sur le baudet et m'ont dit d'arrêter ma comédie au risque d'attirer la divine colère pendant que s'opérait la transmission entre les ancêtres et Zéro Faute, ils m'ont poussé contre le mur, et moi, sans perdre mon insolence, j'ai rajouté «oui, parce que les vrais sorciers de Louboulou, mon village natal, eux ils sont capables de vous dire la date et le lieu de naissance, toi tu n'en es pas capable, je le sais, tu le sais aussi toi-même», l'atmosphère était désormais tendue, et ma femme m'a dit «Verre Cassé, est-ce que tu peux un moment fermer à clé ta gueule et laisser travailler le grand Zéro Faute», et moi je ne me suis pas arrêté, j'ai encore enfoncé le clou de mon propre cercueil en disant à l'assistance «ce type-là est un imposteur de première classe, ce n'est pas un vrai sorcier, ce n'est pas un vrai guérisseur, il veut manger notre argent, oui il veut le manger comme tous les grands escrocs de ce pays mangent l'argent des honnêtes citoyens, c'est lui le diable, c'est pas moi, je vous dis, *vade retro Satana*», la belle-famille m'a insulté en chœur pendant que je réitérais mes hérésies, et ma femme a crié «tais-toi maintenant, Verre Cassé, pourquoi tu parles comme ça à un homme aussi craint dans tout le quartier, tu es fou ou quoi», j'ai rigolé, j'ai fait un bras d'honneur à cet escroc, j'ai craché par terre, et le beau-père a dit «vraiment ton mari-là n'est plus ton mari que j'ai connu», et la belle-mère a dit à son tour «Dieu fasse que nos ancêtres nous pardonnent les délires de mon beau-fils, je ne savais pas que Satan pouvait mettre de tels blasphèmes dans la bouche d'une créature de Dieu», et le beau-frère a dit «il n'est pas une créature de Dieu, lui c'est l'Anté-christ en personne», et les autres moujiks, et les autres croquants, et les autres croquantes, et les autres ostrogoths ont parlé dans le même sens, et ma femme a repris la parole parce qu'elle voulait remettre les pendules à l'heure, et elle a donc dit «Verre Cassé, je te demande de présenter immédiatement tes excuses à Zéro Faute ainsi qu'aux ancêtres qui nous regardent en ce net moment, c'est à cause de toi qu'il n'y a pas la transmission», et Zéro Faute qui faisait semblant de méditer a enfin parlé, il a soupiré en ces termes «madame, je vous remercie d'avoir ces paroles de sagesse, mais comprenez bien que c'est le diable qui habite le corps de votre époux, c'est ce démon qui parle comme ça, je vous promets que nous allons sortir ce diable de son corps, croyez-moi, je ne m'ap-pelle pas Zéro Faute par hasard, et comme vous le savez tous, j'ai lutté contre des esprits bien plus rebelles que ça», moi j'ai repris ma rage en criant «arrête tes conneries, pauvre menteur, pauvre grand escroc, pauvre vendeur de chimères, pauvre homme aux sept noms et des poussières, pauvre matamore, pauvre charlatan, pauvre prestidigitateur sans talent, pauvre profiteur, pauvre capitaliste, *vade retro Satana*», j'ai dit tout ça, et Zéro Faute s'est énervé tout à coup, et il a perdu son contrôle, et il a exhibé son sourire le plus jaunâtre, et il a fait grincer ses chicots calcinés, et c'est ce que je recherchais, je voulais qu'il soit hors de lui, et il a dit « tu me traites de capitaliste, moi, hein, c'est moi que tu traites de capitaliste, est-ce que je suis un capitaliste, moi, répète encore tes blasphèmes devant les masques des ancêtres et tu verras si je ne transforme pas ta bouche-là en groin », il a crié comme ça, et j'ai insisté « oui, tu es un pauvre capita-liste, un vrai pauvre capitaliste, tu fais l'exploitation de l'homme par l'homme, *vade retro Satana* », et il s'est encore énervé, et il a parlé à ma femme « écoutez, madame, je ne peux pas travailler comme ça, votre mari ne me respecte pas, il ne respecte pas les ancêtres, il ose me traiter de capitaliste, je pouvais encore tout accepter d'un diable qui me dit *vade retro Satana*, mais pas être traité de capitaliste, est-ce que moi j'ex-ploite les pauvres, moi, est-ce que moi j'aime le profit, moi, est-ce que moi je fais l'exploitation de l'homme par l'homme, moi, je suis quand même Zéro Faute, demandez à n'importe qui et on vous dira que moi j'ai fait recouvrer la vue aux aveugles, les jambes aux para-lytiques, la voix aux muets, les ovules aux femmes sté-riles, l'érection aux hommes qui ne bandaient plus même le matin quand le pipi gonfle normalement la chose de tous les mâles, est-ce que vous savez au passage que j'ai aidé le maire de cette ville à se faire réélire à vie, et je ne parle même pas du succès des étudiants aux examens, des postes dans l'administration que j'ai fait obtenir à des gens qui n'étaient même pas allés à l'école, je ne parle pas non plus du retour au foyer conjugal de la femme du préfet de cette région, ce n'est pas pour rien qu'on m'appelle Zéro Faute, est-ce que vous savez que lorsque l'hôpital Adolphe-Cissé baisse les bras, c'est moi-là que vous voyez en chair et en os qui aide les pauvres malades désemparés, hein, alors quand je vois des imbéciles de cet acabit, des imbéciles comme votre mari venir ternir ma réputation légendaire, venir profaner la pureté des masques des ancêtres qui sont accrochés au mur, je me dis que ce monde est vraiment foutu, que l'Antéchrist est arrivé ici-bas par son intermédiaire, je vous dis que la place de ce monsieur c'est l'asile, je vous demande par conséquent de ramener votre déchet-là chez vous, merde, c'est quoi cette histoire, dehors, j'ai dit, je refuse de soigner ce type qui me manque de respect, sortez de mon lieu saint avant que je ne vous jette à tous un mauvais sort», et moi je me suis mis encore à rire comme un coyote hurlant un gospel du Mississippi, comme un loup de montagne qui s'essayerait à un concert baroque, et j'ai dit à ma femme «n'oublie pas mes petits souliers, j'y tiens», et ma belle-famille m'a remis dans la brouette parce qu'elle avait peur que Zéro Faute lui jette un mauvais sort, parce qu'elle avait peur qu'avec ce mauvais sort elle compte parmi sa descendance des enfants avec des groins ou des pieds et des queues de cochon, et voilà comment on m'a ramené à la maison, et voilà comment je suis devenu stupide à leurs yeux, mais j'ai heureusement échappé aux griffes de ce grand escroc de Zéro Faute, *vade retro Satana*

or mon calvaire n'était pas pour autant terminé parce que Diabolique se plaignait toujours, donc j'étais sevré, pas de partie de jambes en l'air avec elle les jours, les semaines et les mois suivants alors que j'aimais bien faire ça une fois que j'avais bu, c'est bon de faire ça quand on a bu, on a l'impression de planer, de prendre de l'altitude, mais Diabolique ne voulait plus de moi, il paraît que je puais, il paraît que je n'étais plus le même type, que je ressemblais parfois à Satan, et je ne pouvais pas quand même la violer, voyons, cela ne m'aurait pas ressemblé, donc c'est depuis cette époque que je n'ai plus tiré un coup, et, un peu plus tard, alors que les choses se dégradaient de jour en jour, Diabolique m'a fait asseoir au pied du manguier de notre concession, elle avait quelque chose d'important à me dire, j'ai pas voulu l'entendre, j'ai dit «laisse-moi tranquille, j'ai pas tiré mon coup depuis belle lurette, je ne parlerai que si je tire mon coup », et elle m'a regardé avec commisération, elle a commencé à parlé d'une voix triste, elle a failli me faire pleurer en me rappelant que tout le monde me connaissait maintenant dans le quartier comme un soûlard alors que j'avais été un excellent instituteur à l'école primaire des Trois-Martyrs, elle a dit que je ne lisais plus mes romans de Frédéric Dard alias San-Antonio, mes *Fables* de La Fontaine, mes *Lettres de mon moulin*, mon *Journal d'un curé de campagne*, elle a dit que certains de mes anciens élèves gardaient de bons souvenirs de moi, que d'autres étaient devenus des responsables de ce pays, ils étaient devenus des *quelqu'un* bien placés à gauche et à droite dans l'administration, que j'étais pourtant le seul instituteur de cette école qui ne cravachait pas ses élèves, que j'étais un homme exemplaire, et puis elle a aussi rappelé comment on m'avait viré sèchement de mon poste d'instituteur, c'est vrai que c'est un chapitre sombre de mon existence, mais c'est la vie, est-ce que c'était ma faute, est-ce que j'étais vraiment devenu incapable d'assurer mes cours, hein, c'est eux qui l'ont dit, ces gens de mauvaise foi, je pense qu'à présent il va falloir que j'en parle un peu, que je dise deux ou trois mots dessus même si mon poulet-bicyclette, que je n'ai plus touché jusqu'à maintenant, est en train de refroidir à cause de toutes ces pensées quand j'étais encore instituteur, il paraît même que j'arrivais toujours en retard en classe chaque fois que j'avais bu, il paraît même que je montrais alors mes fesses aux enfants pendant le cours d'anatomie, il paraît même que je dessinais des sexes géants au tableau, il paraît même que je pissais dans un coin de la classe, il paraît même que je pinçais les fesses de mes collègues hommes ou femmes, il paraît même que j'avais fait goûter du vin de palme aux élèves, et comme il n'y a pas de petite querelle dans ce monde qui s'effondre, l'inspecteur régional a été mis au courant de mes mœurs de primitif, le préfet de région aussi a été mis au courant de ma chronique de la dérive douce, et ce préfet de l'époque n'était pas homme à laisser pourrir une affaire, il crevait toujours l'abcès dès les premiers symptômes, et donc ce préfet de malheur a été très catégorique, très intraitable, très intransigeant, et il a demandé ma mutation pure et simple, il a dit, de sa voix grave de prophète lisant les commandements de Dieu gravés sur une pierre, « envoyez-moi cet ivrogne dans la brousse, je ne veux plus de lui dans ma circonscription, il gêne ma campagne contre l'alcoolisme, je ne veux pas perdre les prochaines nominations », et donc il voulait à tout prix me muter en brousse, et j'ai dit non de manière ferme et irrévocable, je ne me voyais pas dans la brousse à scruter les derrières des pintades, et c'est à ce moment que le commissaire du district a été mis au courant à son tour, on ne joue pas avec ce gars qui mesure plus de deux mètres, on exécute ce qu'il dit, un point c'est tout, et il a confirmé l'idée du préfet de me parquer dans la brousse profonde au milieu des pintades, j'ai dit non, non et non, et c'est à ce moment que le commissaire du gouvernement a été mis au courant à son tour, c'était pourtant un type sympa, on aurait dit un pédé parce qu'il remuait son derrière comme une femme quand il marchait, le commissaire du gouvernement qui était pourtant sympa a dit que la brousse était la seule solution pour des gens de mon acabit, comme ça je ne boirais que du vin de palme qui, d'après lui, semblait moins nocif que le vin rouge de la Sovinco, j'ai dit non, non et non, et c'est à ce moment que le ministre de l'Éducation a été enfin mis au courant à son tour, et il a dit «c'est quoi cette pagaille qui se passe au quartier Trois-Cents, hein, l'ivresse n'excuse pas l'imbécillité et vice versa, mutez donc cet ivrogne dans la brousse et qu'on n'en parle plus», et il y a eu l'effet boule de neige, la petite querelle est devenue une affaire de tout le monde, la brousse ou pas la brousse, telle était la question, du coup les parents d'élèves ont commencé à retirer leurs enfants de ma classe, et puis on ne m'a plus fourni de craies parce qu'il paraît même que je les mangeais ou les écrasais en marchant dessus, et puis on ne m'a plus fourni de stylos parce que paraît-il je les confondais avec un thermomètre durant la classe et les enfonçais là où on peut l'imaginer, et puis on ne m'a plus fourni de stylos ou de feutres de différentes couleurs parce que je ne distinguais plus bien les couleurs et que je ne reconnaissais que le rouge et le noir, et puis on ne m'a plus fourni le matériel de géométrie parce que paraît-il je ne pouvais plus tracer une ligne droite qui est le plus court chemin qui mène d'un point à un autre, et puis on ne m'a plus fourni de carte de notre pays parce que paraît-il je l'appelais encore du nom qui était le sien à l'époque de la royauté, et j'ai dit haut et fort «je m'en fous, j'ai pas besoin de tout ça pour enseigner, je ferai avec les moyens du bord, je m'en fous des stylos, je m'en fous des craies, je m'en fous des règles et je m'en fous aussi de la carte de notre pays parce que ce pays c'est de la merde, c'est des frontières qu'on a héritées quand les Blancs se partageaient leur gâteau colonial à Berlin, donc ce pays n'existe même pas, c'est une réserve avec du bétail qui meurt de disette»

et voilà qu'un jour, très éméché, je suis arrivé en classe, j'ai constaté qu'il n'y avait qu'un seul élève assis au fond de la salle, heureusement que c'était l'un de mes meilleurs élèves, et je lui ai dit d'avancer, d'occuper le premier table-banc, d'être fier de la soif de connaissances qui auréolait sa tête d'ange, donc j'ai quand même fait mon cours avec ce petit ange qui me regardait avec pitié parce que c'était un vrai ange, avec ses yeux innocents et son regard tolérant, et il est resté dans la classe même si ses camarades ne s'étaient pas pointés, il s'est mis au premier rang, il a posé ses affaires sur la table, son cahier de leçons, son petit dictionnaire de poche, son taille-crayon, son crayon, sa gomme, son Bic et sa bouteille d'eau Mayo, et je lui ai alors parlé du pluriel des noms, c'est vrai que j'étais bourré, mais je me souviens vaille que vaille de ce que j'avais dit, « mon petit, merci d'être venu, c'est peut-être la dernière fois que j'enseigne dans cette école, c'est Dieu qui t'envoie, et tu seras un homme important, un vrai, je le pressens, c'est pour cette raison que je vais te donner les bases de l'expression écrite, et je vais te parler du pluriel des noms, c'est important dans la vie, mon petit, tout le reste viendra après parce que la vie est une banale histoire de singulier et de pluriel qui se battent tous les jours, qui s'aiment, qui se détestent, mais qui sont condamnés à vivre ensemble, prends donc ton cahier de leçons et copie bien ce que je dis, retiens qu'en général le pluriel des noms communs se forment en ajoutant un *s* à la fin, mais attention, le pluriel et le singulier sont semblables dans les noms terminés par *s, x, z*, comme dans *bois*, *noix* ou *nez*, et tout à l'heure on va voir le pluriel des noms composés comme *coffre-fort, basse-cour* ou *tire-bouchon*, on verra aussi le pluriel des noms communs étrangers comme *pizza* ou *match*», et c'est à ce moment-là que j'ai entendu du bruit et de la fureur dehors, il y avait des intrus en grand nombre, je me suis retourné, j'ai vu plus de dix miliciens qui sont entrés dans ma salle de classe en me criant dessus, ils étaient accompagnés des parents de mon dernier élève qui pleurait parce qu'il ne voulait pas sortir de la classe, parce qu'il voulait apprendre sa leçon jusqu'au bout, suivre son chemin d'école, ne pas regretter plus tard l'antan d'enfance, et les miliciens m'ont envoyé des coups de pied au cul, je me suis débattu comme un diable, mon élève pleurait et voulait se battre pour me défendre, et je me suis rendu sans combattre, j'ai dit au petit ange «merci mon ange, tu es le plus grand de tous ces gens qui me jettent la pierre, tu es le plus grand parce que tu es le seul à me comprendre, ma croix est bien lourde, mais je la porterai jusqu'au bout sans geindre, ne pleure pas, on se retrouvera au para-dis», et le petit ange m'a fait un signe affectueux avant d'essuyer ses larmes, et c'est comme ça que j'ai été mis en quarantaine, avec interdiction de mettre les pieds dans les parages de l'école, alors j'ai dit haut et

fort «je m'en fous, ça ne me fait ni chaud ni froid», et
ils m'ont collé une mise à pied, j'ai attendu deux
semaines, un mois, deux mois à la maison sans aucune
nouvelle, une vieille dame a repris ma classe, et trois
ou quatre mois après j'ai reçu de l'administration une
longue lettre si mal écrite que j'ai gâché ma journée
entière à en corriger les fautes grammaticales et syn-
taxiques, j'ai ricané en me foutant du contenu, mais
en fait, dans cette si longue lettre, on me proposait
encore un poste dans un coin perdu de l'arrière-pays
où il n'y avait même pas d'électricité alors que,
comme allaient le rappeler les nègres de notre président-général des armées, Lénine avait bien dit *« le
communisme c'est le pouvoir des Soviets plus l'électrification du pays »*

c'est à cette époque tourmentée que Diabolique
m'a supplié d'accepter la solution de la dernière
chance, elle a dit que la brousse c'était pas la fin du
monde, la vie était moins chère là-bas, le gibier était
frais et se chassait derrière la case, les poissons se laissaient prendre eux-mêmes dans les filets, là-bas les
branches des arbres fruitiers étaient si basses que
mêmes les nains de jardin se plaignaient de toujours
se courber pour marcher, et elle m'a démontré que la
brousse c'était bien, que là-bas les morts ne faisaient

pas la queue parce qu'au cimetière du village il y avait toujours de la place pour tout le monde, parce que là-bas les habitants étaient sympas, et d'un air ingénu j'ai donc dit « ah bon, donc la brousse c'est bien alors », et Diabolique qui avait senti que je révisais peu à peu ma position, a répondu « Verre Cassé, c'est ce que je me crève à te dire depuis plusieurs jours, tu ne veux pas m'écouter, tu tiens toujours à la ville comme un bébé kangourou qui ne veut pas sortir de la poche de sa mère », et j'ai demandé dans la foulée « mais pourquoi donc les gens ne se ruent pas là-bas puisque c'est mieux que la ville, hein », elle a dit « parce qu'ils sont cons, c'est tout, or toi tu es intelligent, tu peux comprendre que la brousse c'est la vie », et j'ai demandé cette fois-ci avec un air inquiet « tu es vraiment sûre que la brousse c'est pas un peu pour me punir qu'ils m'envoient là-bas, hein », elle a répondu qu'on n'allait tout de même pas passer la journée à discutailler de ça, cette solution était la meilleure, la bonne pour nous deux, elle m'aimera, je l'aimerai, nous vivrons heureux, sans les médisants, sans les jaloux, et pour clore la discussion Diabolique a ajouté que si j'acceptais cette proposition, elle me laisserait boire comme je voudrais, elle m'a aussi promis qu'elle trouverait même un type qui serait chargé de me ramener du vin de palme, du bon vin de palme tous les matins, alors je me sentais tout à coup plus que soulagé, Diabolique ne voulait que notre bien, j'imaginais cette vie de rêve, ma bouteille de vin de palme à côté, et c'est pour cela que, deux jours après notre petite discussion enrichissante, j'avais une partie du cœur qui disait oui à la brousse tandis que l'autre ne voulait pas du tout quitter la ville et me soufflait qu'on me tendait un piège sans fin, mon cœur balançait vraiment, la brousse ou pas la brousse, telle était la question, pendant ce temps j'avais plus que jamais soif, soif de vin rouge de la Sovinco, et un jour, n'en pouvant plus, je suis allé boire un bon coup, et je suis rentré ivre mort à la maison comme d'habitude, je fredonnais à haute voix ma chanson préférée, *Mourir pour des idées*, et j'entendais ce chanteur à moustache qui fume une pipe chanter comme s'il chantait pour moi, rien que pour moi, et il disait de sa voix grave *« ils ont su me convaincre, et ma muse insolente, abjurant ses erreurs, se rallie à leur foi, avec un soupçon de réserves toutefois »*, le même chanteur me disait encore très clairement, en guise d'avertissement, *« or s'il est une chose amère, désolante en rendant l'âme à Dieu, c'est bien de constater qu'on a fait fausse route »*, et moi qui connaissais cette chanson par cœur je ne voulais pas faire fausse route, je ne voulais pas me tromper d'idées, épouser des idées qui n'auraient plus cours un jour ou l'autre, ce chanteur m'apprenait que les gens qui demandaient aux autres de mourir pour les idées étaient les derniers à donner l'exemple, et pourquoi ces moralisateurs n'allaient pas eux-mêmes vivre en brousse, hein, j'ai donc refusé d'aller en exil là-bas, dans l'arrière-pays, parce que je ne voulais pas être un ivrogne dans la brousse, et comme j'avais catégoriquement refusé ce repêchage, l'administration a saisi l'occasion pour me radier de la fonction publique, ils ont écrit des trucs du genre «*cher Monsieur, malgré notre volonté de trouver un consensus quant à la situation actuelle vous concernant, nous constatons avec regret que vous demeurez résolument inflexible et campez sur vos positions avec une obstination qui nous conduit à prendre à votre encontre une décision prévue par les dispositions qui régissent l'Éducation natio- nale, cette décision est lourde de conséquences car elle nous oblige à mettre un terme à vos fonctions sans voies de recours, toutefois nous vous laissons une semaine de réflexion et, sans suite de votre part, la décision sera alors effective le 27 mai à minuit, et vous ne pourrez plus, après cette date, vous prévaloir des dispositions de l'article 7 bis alinéa e, de même que des dispositions de l'article 34 alinéa f modifié par la loi du 18 mars 1977*», je me suis dis «je m'en fous, j'en ai rien à foutre, moi, et puis je ne comprends que dalle à cette prose», et je suis parti raconter tout ça à mon nouvel ami L'Escargot entêté, c'était à l'époque où lui aussi avait des problèmes avec la population à cause de l'établissement qu'il venait d'ouvrir, et il m'a un peu engueulé, et puis il a dit que c'était la vie, un jour ça va, un jour ça ne va pas, l'essentiel c'est de rester debout, les cheveux dans le vent, l'essentiel c'est de m'accommoder de mon mieux de cet avatar d'une version du paradis ratée, je ne sais plus quel poète négro-africain a dit des choses comme ça, sans doute un type dont beaucoup de nouveaux poètes sans talent s'ingénient à recopier les vers, pauvres épigones désemparés

il faut dire que Diabolique ne comprenait pas mon penchant pour l'alcool, elle justifiait ça comme elle pouvait, elle parlait de la mort de ma mère pour l'expliquer, mais qu'est-ce qu'elle savait vraiment de cette mort, hein, qu'est-ce qu'elle pouvait dire de plus que les ragots du quartier Trois-Cents, j'aimais pas quand elle évoquait la mort de ma mère, c'est là que je m'emportais, c'est là que je pouvais devenir agressif, or j'ai toujours dominé mes pulsions, je ne me suis jamais laissé aller à la colère, est-ce que moi j'ai déjà critiqué sa mère qui a un œil plus petit que l'autre, hein, est-ce que moi j'ai déjà critiqué son père qui a un pied bot et une hernie entre les deux jambes, hein, mais Diabolique prenait ses aises, elle insistait sur le sujet, elle réveillait le cadavre de ma mère, elle la troublait dans sa quête du repos éternel, on ne joue pas de cette façon avec la mort, il faut vraiment replacer les choses dans leur contexte, j'ai pas attendu que ma mère casse sa pipe pour commencer à boire, même si, je le reconnais, sa disparition avait un peu accéléré les choses, c'est dire que j'étais triste quand Diabolique associait mon culte immodéré pour l'alcool à la mort de ma pauvre mère, et c'était clair que je ne pouvais pas la laisser faire une telle déduction, je dirais plutôt que j'avais un peu ralenti le nombre des bouteilles les semaines qui avaient suivi la disparition de ma mère, c'était pour moi une espèce de deuil, un respect que je lui devais, et je n'ai repris ma pleine activité que lorsque j'étais sûr que le corps de ma mère avait pourri et que son âme était enfin arrivée au jardin d'Éden

disons que si ma mère est morte de noyade dans les eaux grises de la rivière Tchinouka, ce n'était pas sa faute, c'est une histoire mystérieuse, et je vais quand même en toucher deux ou trois mots pour que les choses soient plus limpides que les eaux de la Tchinouka parce qu'il ne faut pas mélanger les défunts même si les morts ont tous la même peau, je veux dire deux mots quitte à ce que mon plat de poulet-bicyclette refroidisse entièrement, mais je le mangerai quand même tout à l'heure, et donc la nuit de son départ pour l'autre monde ma mère avait fait un cauchemar pas possible, alors elle s'est levée, les yeux fermés, la bouche ouverte, les bras devant comme poussée par des forces invisibles, des ombres de la nuit, elle a ouvert la porte de sa cabane pour se rendre à la rivière dans l'espoir de retrouver mon père que je n'ai pas connu, il paraît même que celui-ci était un tireur de vin de palme réputé à Louboulou, il paraît même qu'il avait deux passions, le jazz et le vin de palme, donc les gars comme Coltrane, Armstrong, Davis, Monk, Parker, Bechet et autres Nègres à trompette et clarinette, il connaissait ces airs que les Nègres, paraît-il, auraient inventés dans les champs de coton ou de café pour dompter le spleen de leur terre ancestrale et surtout aussi à cause des coups de fouet de leurs maîtres esclavagistes qui ne comprenaient pas pourquoi chantait l'oiseau en cage, et c'est dire que mon père était un accro de ces airs inventés par des mains noires, on racontait même qu'il collectionnait les 33 et les 45 tours de ces types à trompette et clarinette, il paraît aussi qu'il est mort pour une histoire de sorcellerie à bout portant, on lui aurait tiré une balle que seuls ceux qui ont quatre yeux peuvent éviter, on lui aurait tiré ça dans le dos pendant son sommeil parce qu'il dormait toujours sur le ventre malgré les avertissements de plusieurs sorciers de Louboulou, et c'est son oncle à lui qui aurait fait le coup pour hériter de ses instruments de travail de tireur de vin de palme, voire de ses 33 et 45 tours des Nègres à trompette et clarinette, mais cette histoire que ma mère essayait de me narrer est trop compliquée, elle voulait justifier pourquoi on avait fui le village Louboulou pour la ville, et ma mère avait décidé de quitter ce village de braves gens, c'était surtout pour me protéger de la sorcellerie à bout portant et de ceux qui en voulaient encore à mon père même après sa mort, et quand elle me racontait ce coup de feu nocturne et mystique elle voyait bien que je restais dubitatif, je n'avais même pas deux ans, et je ne peux pas dire si je ressemble à mon père, mais on dit plutôt que j'ai les traits du type méprisable qui aurait tué lâchement et froidement mon géniteur et qui aurait hérité des instruments de travail de mon père et de sa collection de 33 et 45 tours des Nègres à trompette et clarinette, donc la mort de ma mère ne pouvait que me paraître aussi mystérieuse que celle de mon père, et à l'époque de la mort de cette brave femme les journaux avaient dit que c'était un petit fait divers, du genre accident nocturne, et ils avaient titré sur le corps d'une vieille femme retrouvé sur les bords de la Tchinouka, c'est pour cela que lorsque je passe devant cette rivière j'insulte les eaux, je crache par terre, je jette des pierres très loin, vers les profondeurs de ce cours d'eau maléfique, je crie à l'injustice j'étais parti pour parler de ma mère, et puis c'est l'ombre fugitive de mon père qui est apparue, je vais revenir à mes moutons, donc je disais que la mort de ma mère a été aussi un mystère, elle s'était levée la nuit sous l'emprise d'un cauchemar, elle avait marché jusqu'à la rivière Tchinouka, et là, elle avait rejoué au détail près une scène biblique, elle avait marché sur les eaux grises de la Tchinouka comme pour aller rejoindre mon père dans l'autre monde, et puis les eaux grises de la Tchinouka l'avaient engloutie dans leur ventre avant de la rejeter comme une épave sur la rive, de lui dire qu'on ne voulait pas de son corps squelettique dans le ventre de ces eaux, et ce sont les agents de nettoyage du quartier qui avaient retrouvé ce corps défiguré, grignoté ici et là par les méchants fretins et autres poissons de mauvais aloi qui s'ennuyaient dans le courant de cette onde impure, et la veillée mortuaire s'était passée chez nous, dans notre parcelle, le corps de ma mère était exposé dehors comme l'exigent nos coutumes de Louboulou, et sur ce point je peux dire merci à Diabolique, elle s'était bien occupée de ma mère, c'est d'ailleurs elle qui avait fait circuler le cahier de cotisations dans le quartier afin que les habitants nous épaulent dans ce malheur, c'est elle qui s'était rendue à la morgue pour identifier le corps parce que je n'aime pas voir les cadavres, c'est elle qui dirigeait le chœur des femmes sous le hangar en feuilles de palmier, et tandis que ces pleureuses se concurrençaient en mélopées funèbres Diabolique chassait les vilaines mouches aux pattes vermoulues qui cherchaient aventure autour de la dépouille de ma mère, c'est elle aussi qui avait supervisé le lavage du corps parce que c'est pas donné au premier venu de laver un macchabée, c'est elle encore qui avait envoyé un communiqué nécrologique à la radio pour annoncer la mort de ma mère, c'est elle encore qui avait envoyé un deuxième communiqué pour remercier tous ceux qui nous avaient assistés durant cette épreuve, et pendant ces jours de tristesse Diabolique portait des habits noirs, le visage badigeonné de kaolin, elle avait tenu à observer le jeûne tout au long des funérailles, elle marchait pieds nus, ne se peignait plus les cheveux, ne regardait pas les hommes, ne leur parlait pas, ne leur disait pas bonjour, c'était la coutume, et je peux en conclure, honnêtement, qu'elle était, de ce point de vue, une femme à qui je ne peux rien reprocher aujourd'hui

mais il se trouve que Diabolique avait toujours pensé qu'étant fils unique, déjà orphelin de père, je m'étais réfugié dans l'alcool et espérais ainsi me venger avec le vin rouge puisque je ne pouvais boire toutes les eaux grises de la rivière Tchinouka pour sauver la mémoire de ma mère, je jure que j'avais voulu reconstruire ma vie, en rapiécer les pans, en raccommoder les trous, arrêter de côtoyer les bouteilles de la Sovinco, mais était-ce ma faute si on m'avait viré comme instituteur, je jure aussi que j'aimais enseigner, je jure aussi que j'aimais être entouré de mes petits élèves, je jure aussi que j'aimais leur apprendre la table de multiplication, je jure aussi que j'aimais leur apprendre les participes passés conjugués avec l'auxiliaire *avoir* et qui s'accordent ou ne s'accordent pas selon qu'il fait jour ou nuit, selon qu'il pleut ou ne pleut pas, et les pauvres petits, hébétés, désemparés, parfois révoltés, me demandaient pourquoi ce participe passé s'accorde aujourd'hui à 16 heures alors qu'il ne s'accordait pas hier à midi avant la pause déjeuner, et moi je leur disais que ce qui était important dans la langue française, c'était pas les règles mais les exceptions, je leur disais que lorsqu'ils auraient compris et retenu toutes les exceptions de cette langue aux humeurs météorologiques les règles viendraient d'elles-mêmes, les règles couleraient de source et qu'ils pourraient même se moquer de ces règles, de la structure de la phrase une fois qu'ils auraient grandi et saisi que la langue française n'est pas un long fleuve tranquille, que c'est plutôt un fleuve à détourner à bien voir, je n'aurais jamais été un enseignant, je n'ai pas un diplôme d'enseignement supérieur, je ne suis pas sorti de l'école de formation des instituteurs, mais le diplôme fausse souvent les choses de la vie, les vraies vocations arrivent souvent par un concours de circonstances, c'est pas souvent les gars qui usent leurs culottes à l'école qui deviennent de bons enseignants, et moi, en ce qui me concerne, on m'avait forcé d'entrer dans cette profession, j'avais à peine terminé ma deuxième année d'études au collège Kengué-Pauline, et le gouvernement avait décrété que, comme il manquait d'enseignants dans le pays, tous les pauvres types qui avaient leur certificat d'études primaires devaient aller enseigner, et c'est comme ça que j'ai mis mon nez de clown dans l'enseignement, et c'est comme ça que j'ai appris le métier sur le tas, mais en réalité je me suis plutôt formé par moi-même bien qu'un crâne d'œuf venu de la capitale politique nous ait dispensé des cours intensifs de pédagogie, ce type à lunettes se la jouait intellectuel, il disait que j'étais pas doué, que je parlais et prononçais mal le français, que le gouvernement avait commis une bévue en laissant aux ignares de mon espèce le soin de montrer aux enfants le chemin de la vie, c'est depuis cette époque que j'ai commencé à haïr les intellectuels de tout bord parce que, avec les intellectuels, c'est toujours ainsi, ça discute et ça ne propose rien de concret à la fin, ou alors ça propose des discussions sur des discussions à n'en pas finir, et puis ça cite d'autres intellectuels qui ont dit ceci ou cela et qui ont tout prévu, et puis ça se frotte le nombril, et ça traite les autres de cons, d'aveugles, comme si on ne pouvait pas vivre sans philosopher, le problème c'est que ces pseudo-intellectuels philosophent sans vivre, ils ne connaissent pas la vie, et celle-ci suit son cours en déjouant leurs prédictions de piètres Nostradamus, et ça se congratule entre eux, mais ce qui est curieux c'est que ces faux intellectuels aiment les costumes, les lunettes rondes et les cravates parce qu'un intellec- tuel sans cravate est un gars nu, incapable de penser avec assurance, mais moi je suis fier de mon itinéraire, je ne le dois à personne, je me suis fait moi-même, je ne sais même pas nouer une cravate, pourtant j'ai lu ce que je pouvais trouver ici ou là, et puis j'ai compris que personne sur cette terre ne pourra tout lire, on n'a pas assez de vie pour tout lire, et puis j'ai aussi remarqué qu'on dénombre plus de gens qui parlent de mauvais livres que des gens qui lisent et parlent de vrais livres, et ceux qui parlent de mauvais livres sont impitoyables avec les autres, qu'ils aillent se faire voir ailleurs, y a pas que leur nombril sur cette terre, c'est pas mon problème, ce cahier c'est pas pour donner des leçons, chacun cultive son jardin comme il peut je voyais bien qu'on voulait me virer de mon poste d'enseignant, l'alcool avait été le mobile, et donc, juste deux mois après que j'avais été viré, alors que le cadavre de ma mère avait à peine pourri, Diabolique a commencé à aller dormir chez ses parents, laissant la maison sans une présence puisque nous n'avions pas eu d'enfants, alors les voleurs et les bandits du quartier sont passés par là, ils ont tout pillé, ma télé, ma radio, ma table à manger, mon lit et mes livres, et surtout mes romans de San-Antonio auxquels je tenais beaucoup plus que ces bouquins que les gens coupés de la vie nous ont imposés comme unité de mesure intellectuelle, et ces voleurs ont tout pillé, ils ont même emporté le dernier roman que je lisais alors, *Journal du voleur*, et je suis sûr qu'ils croyaient qu'il y avait dedans des trucs pour apprendre à bien voler sans se faire attraper par la police, et Diabolique a mis tout ça sur mon dos, elle a dit que c'étaient mes amis soûlards qui volaient nos affaires, j'ai dit que mes amis étaient des soûlards mais pas des voleurs, elle a dit que je les couvrais, que j'étais leur complice, et puis elle est partie définitivement en me laissant un bout de papier sur lequel elle avait écrit, peut-être à minuit, *« je m'en vais »*, et quand j'ai retourné le bout de papier j'ai vu qu'elle avait ajouté, toujours à minuit peut-être, « *apprendre à finir* », moi je n'ai rien compris à ces télégrammes, et je l'ai cherchée partout, dans les ruelles du quartier Trois-Cents, au centre-ville, dans les veillées mortuaires, et puis je l'ai vue un jour passer devant *Le Crédit a voyagé*, je croyais rêver, et j'ai couru après elle, je l'ai suppliée, je lui ai dit « c'était bien », et j'ai ajouté « je ne peux pas vivre sans toi, si tu me quittes, je suis foutu, reviens à la maison », mais elle est restée sur sa position, elle m'a regardé des pieds à la tête et a dit « tu es déjà foutu, tu ne change-ras plus, fous-moi la paix, pauvre vagabond »

j'ai commencé à être l'un des clients les plus fidèles du *Crédit a voyagé* l'année où on m'a radié de l'ensei-gnement, je consolidais mes relations avec L'Escargot entêté, j'étais devenu un meuble de la maison au point que le patron m'avait dit « tu sais Verre Cassé, si tu voyais un peu plus clair, je t'aurais pris comme ser-veur ici », et moi j'ai répondu que je voyais clair et que s'il doutait de ma lucidité il n'avait qu'à me demander la table de multiplication, et il a dit « non, Verre Cassé, les affaires c'est pas une question de table de multipli-cation, c'est une question de lucidité », et j'ai dit que j'étais lucide, et il a ri, et nous avons bu ensemble, et nous avons encore ri, je fréquentais toujours mon arbre sous lequel je pissais en lui racontant ma légende

de l'errance, et l'arbre pleurait en m'écoutant parce
que, quoi qu'on dise, les arbres aussi versent des
larmes, et il m'arrivait maintenant d'insulter Diabolique devant cet arbre, d'insulter aussi sa mère qui a
un œil plus petit que l'autre, d'insulter aussi son père
qui a un pied bot et une hernie entre les jambes, et
dans ces moments difficiles seul cet arbre me comprenait, il remuait alors ses branches en signe d'acquies-
cement et me disait tout bas que j'étais un pauvre
type gentil, que c'était la société qui ne me comprenait pas, et alors, entre cet arbre et moi s'établissaient
de longs causers comme dirait un Nègre à son amiral
à qui il apporte de l'eau de café, je promettais à mon
ami feuillu de me réincarner en arbre quand Dieu me
rappellerait

en vrai habitué, je ne quittais plus *Le Crédit a voyagé*,
j'y veillais, qu'il pleuve ou qu'il vente, je ne quittais
pas ce lieu d'adoption, je ne m'imaginais pas ailleurs
que là, et alors, au milieu de la nuit, je somnolais sur
le tabouret après avoir mangé des brochettes qu'une
vieille Béninoise vendait à l'entrée du bar bien avant
le règne de notre Cantatrice chauve, Mama Mfoa,
c'était la belle vie, il faut surtout que je note lisible-
ment ici que je suis fier de ces moments d'antan,
qu'on ne vienne pas dire que je galérais, que je m'en-

nuyais, que je regrettais le départ de Diabolique, que je couvais de l'aigreur, que j'allais écrire une lettre à l'ami qui ne m'a pas sauvé la vie, que j'allais réclamer pour mon mal un protocole compassionnel

j'ai ouï dire, il n'y a pas très longtemps, que Diabolique vivait avec un bon mari et qu'ils avaient des enfants, je m'en fous, les bons maris n'existent pas, j'étais l'homme qu'il lui fallait, les autres ne sont que de pauvres profiteurs, de pauvres menteurs qui vont abuser d'elle jusqu'à la fatiguer, je ne suis pas jaloux même si je n'ai plus tiré un coup depuis, je suis conscient que ma vie sexuelle, c'est un peu le désert des Tartares, y a rien devant, y a rien derrière, y a que des ombres de femmes qui me parlent, en fait je suis un homme au désir d'amour lointain, faut pas compter sur moi pour vous parler de l'amour et autres démons, heureusement qu'à cette époque de malheur il me restait l'amour que je portais aux bouteilles, et seules les bouteilles me comprenaient, me tendaient leurs bras, et quand je me retrouvais dans ce bar que j'aime encore et que j'aimerai toujours, je regardais, j'observais, j'emmagasinais les faits et gestes de tout le monde, c'est pour ça qu'il faut que j'explique avec plus de précisions le pourquoi de ce cahier, oui, que je précise dans quelles circonstances et comment

L'Escargot entêté m'a forcé la main en me proposant d'écrire, de témoigner, de perpétuer la mémoire de ces lieux

en fait L'Escargot entêté m'avait pris un jour à part et m'avait dit d'un air de confidence « Verre Cassé, je vais t'avouer un truc qui me tracasse, en réalité je pense depuis longtemps à une chose importante, tu devrais écrire, je veux dire, écrire un livre », et moi, un peu étonné, j'ai dit « un livre sur quoi », et il a répondu en montrant du doigt la terrasse du *Crédit a voyagé* avant de murmurer « un livre qui parlerait de nous ici, un livre qui parlerait de cet endroit unique au monde si on ne tient pas compte de *La Cathédrale* de New-Bell, au Cameroun », et j'ai ri, j'ai pensé qu'il avait quelque chose derrière la tête, qu'il me tendait un piège sans fin, il a dit « ne ris pas, je suis sérieux quand je le dis, tu dois écrire, je sais que tu le peux », et alors, vu son regard sérieux, j'ai compris que ce n'était pas une blague à deux francs CFA, et j'ai répliqué « mais c'est toi le patron, tu es mieux placé pour rapporter les choses qui se passent ici, je sais pas par quoi commencer, moi », et il m'a servi un verre avant de rebondir « crois-moi, j'ai essayé plusieurs fois moi-même, mais rien ne tient parce que j'ai pas le petit ver solitaire qui ronge ceux qui écrivent, toi ce ver est en

toi, ça se voit quand on discute littérature, tu as soudain l'œil qui brille et les regrets qui remontent à la
surface de tes pensées, mais c'est pas pour autant de
la frustration, c'est pas non plus de l'aigreur, parce
que je sais que tu es tout sauf un gars frustré, sauf un
gars aigre, tu n'as rien à regretter, mon vieux », j'ai
gardé le silence, et il a poursuivi ses propos « tu sais, je
me souviens d'une de nos conversations où tu me
parlais d'un écrivain célèbre qui buvait comme une
éponge, c'est quoi déjà son nom », je n'ai pas répondu,
et il a enchaîné « eh bien, depuis notre discussion, je
me dis que peut-être que si tu t'es mis à boire c'était
pour suivre l'exemple de cet écrivain dont le nom
m'échappe, et quand je te vois aujourd'hui, je me dis
que tu as quand même une gueule pour ça, en plus tu
te moques de la vie parce que tu estimes que tu peux
en inventer plusieurs et que toi-même tu n'es qu'un
personnage dans le grand livre de cette existence de
merde, tu es un écrivain, je le sais, je le sens, tu bois
pour cela, tu n'es pas de notre monde, y a des jours
où j'ai l'impression que tu dialogues avec des gars
comme Proust ou Hemingway, des gars comme Labou
Tansi ou Mongo Beti, je le sais, alors libère-toi, on
n'est jamais vieux pour écrire », et je l'ai vu pour la
première fois boire d'un trait son verre alors que d'habitude il boit juste un demi-verre, il a dit d'un air mar-
tial « Verre Cassé, sors-moi cette rage qui est en toi,

explose, vomis, crache, toussote ou éjacule, je m'en fous, mais ponds-moi quelque chose sur ce bar, sur quelques gars d'ici, et surtout sur toi-même », ces paroles m'avaient cloué un moment le bec, j'avais failli verser des larmes, je ne me souvenais plus de quel écrivain ivrogne nous avions discuté, de toutes les façons y en avait plusieurs qui buvaient, et y en a qui boivent à mort parmi les contemporains, c'est quoi cette manière que L'Escargot entêté avait de pénétrer dans mon for intérieur ce jour-là, hein, et donc, pour me défendre, j'ai dit et redit « je suis pas écrivain, moi, et puis ça intéresserait qui, la vie des gens ou la mienne, c'est pas intéressant, y a pas de quoi remplir un cahier », il a tout de suite rétorqué « on s'en fout, Verre Cassé, tu dois écrire, moi ça m'inté-resse, c'est déjà ça », et j'ai été fier qu'il me le demande à moi, au fond l'idée a commencé à me trotter dans la tête à partir de ce moment-là et, sous l'effet des verres de rouge que j'avais avalés sans m'arrêter, j'ai expli-qué à L'Escargot entêté ce qu'était ma vraie vision de l'écriture, c'était simple pour moi de m'exprimer parce que c'est facile de parler de l'écriture quand on n'a rien écrit comme moi, et je lui ai dit que dans ce pays de merde tous s'improvisent maintenant écri-vains alors qu'il n'y a même pas de vie derrière les mots qu'ils écrivent, je lui ai aussi dit qu'il m'est arrivé de voir à la télé d'un bar de l'avenue de l'Indépendance quelques-uns de ces écrivains qui portent des cravates, des vestes, des écharpes rouge électrique, parfois des lunettes rondes, qui fument aussi des pipes ou des cigares pour faire bien, bon chic bon genre, ces écrivains qui prennent des photos avec un air de ceux qui ont leur œuvre derrière eux, et ils veulent qu'on ne parle que de leur nombril gros comme une orange mécanique, y en a même parmi eux qui jouent les écrivains mal aimés, convaincus eux-mêmes de leur génie alors qu'ils n'ont pondu que des crottes de moineau, ils sont paranoïaques, aigres, jaloux, envieux, ils prétendent qu'il y a un coup d'État permanent contre eux, et ils menacent même que si on leur attribue un jour le prix Nobel de littérature ils vont catégoriquement le refuser parce qu'ils n'ont pas les mains sales, parce que le Nobel de littérature c'est l'engrenage, c'est le mur, c'est la mort dans l'âme, les jeux sont toujours faits au point qu'on se demande même qu'est-ce que la littérature, et donc ces écrivaillons de merde refuseraient le Nobel pour garder le chemin de la liberté, moi j'attends de voir ça de mes propres yeux, et j'ai aussi dit à L'Escargot entêté que si j'étais écrivain je demanderais à Dieu de me couvrir d'humilité, de me donner la force de relativiser ce que j'écris par rapport à ce que les géants de ce monde ont couché sur le papier, et alors que j'applaudirais le génie, je n'ouvrirais pas ma gueule devant la médiocrité ambiante, ce n'est qu'à ce prix que j'écrirais des choses qui ressembleraient à la vie, mais je les dirais avec des mots à moi, des mots tordus, des mots décousus, des mots sans queue ni tête, j'écrirais comme les mots me viendraient, je commencerais maladroitement et je finirais maladroitement comme j'avais commencé, je m'en foutrais de la raison pure, de la méthode, de la phonétique, de la prose, et dans ma langue de merde ce qui se concevrait bien ne s'énoncerait pas clairement, et les mots pour le dire ne viendraient pas aisément, ce serait alors l'écriture ou la vie, c'est ça, et je voudrais surtout qu'en me lisant on dise « c'est quoi ce bazar, ce souk, ce cafouillis, ce conglomérat de barbarismes, cet empire des signes, ce bavardage, cette chute vers les bas-fonds des belles-lettres, c'est quoi ces caquètements de basse-cour, est-ce que c'est du sérieux ce truc, ça commence d'ailleurs par où, ça finit par où, bordel », et je répondrais avec malice « ce bazar c'est la vie, entrez donc dans ma caverne, y a de la pourriture, y a des déchets, c'est comme ça que je conçois la vie, votre fiction c'est des projets de ringards pour contenter d'autres ringards, et tant que les personnages de vos livres ne comprendront pas comment nous autres-là gagnons notre pain de chaque nuit, y aura pas de littérature mais de la masturbation intellectuelle, vous vous comprendrez entre vous à la manière des ânes qui se frottent entre eux », j'ai dit à L'Escargot entêté en guise de conclusion que malheureusement j'étais pas écrivain, que je ne pouvais pas l'être, que moi je ne faisais qu'observer et parler aux bouteilles, à mon arbre au pied duquel j'aimais pisser et à qui j'avais promis de me réincarner en végétal pour vivre à ses côtés, et par conséquent je préférais laisser l'écriture aux doués et aux surdoués, à ceux que j'aimais lire quand je lisais encore simplement pour me former, je lui ai dit que je laissais l'écriture à ceux qui chantent la joie de vivre, à ceux qui luttent, rêvent sans cesse à l'extension du domaine de la lutte, à ceux qui fabriquent des cérémonies pour danser la polka, à ceux qui peuvent étonner les dieux, à ceux qui pataugent dans la disgrâce, à ceux qui vont avec assurance vers l'âge d'homme, à ceux qui inventent un rêve utile, à ceux qui chantent le pays sans ombre, à ceux qui vivent en transit dans un coin de la terre, à ceux qui regardent le monde à travers une lucarne, à ceux qui, comme mon défunt père, écoutent du jazz en buvant du vin de palme, à ceux qui savent décrire un été africain, à ceux qui relatent des noces barbares, à ceux qui méditent loin là-bas, au sommet du magique rocher de Tanios, je lui ai dit que je laissais l'écriture à ceux qui rappellent que trop de soleil tue l'amour, à ceux qui prophétisent le sanglot de l'homme blanc, l'Afrique fantôme, l'innocence de l'enfant noir, je lui ai dit que je laissais l'écriture à ceux qui peuvent bâtir une ville avec des chiens, à ceux qui édifient une maison verte comme celle de L'Imprimeur ou une maison au bord des larmes pour y héberger des personnages humbles, sans domicile fixe, des personnages qui ressentent la compassion des pierres, et donc je lui ai dit que je leur laissais l'écriture, tant pis pour les agités du bocal, les poètes du dimanche après-midi avec leurs vers à deux sous le quatrain, tant pis pour les nostalgiques tirailleurs sénégalais qui tirent à hue et à dia la fibre du militantisme, et ces gars ne veulent pas qu'un Nègre parle des bouleaux, de la pierre, de la poussière, de l'hiver, de la neige, de la rose ou simplement de la beauté pour la beauté, tant pis pour ces épigones intégristes qui poussent comme des champignons, et ils sont nombreux, ceux-là qui embouteillent les autoroutes des lettres, ceux-là qui profanent la pureté des univers, et ce sont ceux-là qui polluent la vraie littérature de nos jours

quand j'ai expliqué tout ça à L'Escargot entêté, il est resté sans voix, il a cru que j'étais fâché contre des gens en particulier ou que je délirais, et il m'a demandé de qui je parlais comme ça, il a voulu que je cite des noms, mais je n'ai pas répondu, j'ai seulement souri en regardant le ciel, et il a vraiment insisté pour savoir

si j'étais en colère, j'ai dit non, pourquoi serais-je en
colère, je n'avais pas de raison d'être en colère, je ne
faisais que remettre les choses à leur place, je ne faisais que séparer ce que je considérais comme de la
merde de ce qui me paraissait applaudissable, et c'est
ce jour-là qu'il m'a offert un cahier de notes et un
crayon en me disant « si tu changes d'avis, tu peux
toujours écrire dedans, c'est ton cahier, je te l'offre, je
sais que tu écriras, écris comme les choses te viennent, du genre ce que tu viens de me dire tout à
l'heure sur les vrais et les faux écrivains qui embouteillent les autoroutes de la littérature, mais aussi sur
ceux qui refuseront le Nobel, sur les intégristes et les
poètes du dimanche, sur les nostalgiques tirailleurs
sénégalais, sur les écrivains en costume que tu as vus
à la télé dans un bar de l'avenue de l'Indépendance,
c'est bien tout ça, tu peux broder quelque chose
autour, chercher comment m'emballer quand je te
lirai, oui je veux lire ça dedans, je n'ai pas bien compris
où tu voulais en venir, mais je pense quand même
qu'il faut mettre dedans tout ce que tu viens de dire »,
et depuis, pour lui faire plaisir, je note dedans mes
histoires, mes impressions en vrac, et parfois aussi je
le fais pour mon propre plaisir, et c'est quand je
m'abandonne, quand j'oublie qu'une mission m'avait
été confiée que je me sens vraiment dans mon assiette
puisque je peux sauter, cabrioler, parler à un lecteur

autre que L'Escargot entêté, un lecteur que je ne connais pas, faut s'attendre à tout, et L'Escargot entêté m'a encore dit une fois « je promets de ne pas lire ce que tu écris tant que tu n'auras pas mis le point final », ce cahier est à ma disposition à tout moment, y a des jours où je demande à Mompéro ou à Dengaki « apporte-moi deux bouteilles de rouge et mon cahier », et on m'apporte mes deux bouteilles et mon cahier, je bois, je griffonne un peu, j'observe, disons que jusqu'alors j'ai été un homme heureux comme ça, un homme libre, mais j'ai un peu le cœur serré en me disant que je ne vais plus griffonner dans ce cahier, que je ne mettrai plus les pieds ici les prochains jours, donc il faut que je regarde un peu ce que j'ai déjà écrit jusqu'à présent et que je n'oublie pas de terminer mon poulet-bicyclette qui a fini par refroidir parce que j'ai vraiment pris du temps à remonter ma propre existence au lieu de manger, mais je crois que c'était nécessaire, je vais donc prendre un moment pour casser la croûte, j'ai un grand creux dans le ventre, mine de rien j'ai enfin pu finir de manger mon poulet-bicyclette, et il va falloir à présent que j'aille rendre l'assiette à La Cantatrice chauve de l'autre côté de l'avenue de l'Indépendance, mais je vais d'abord vider ce verre de rouge, cela va me prendre quelques secondes seulement, le temps ne compte plus de toute façon, je vois que L'Imprimeur est toujours là, je vois aussi qu'il est entouré de gens qui feuillettent le dernier *Paris-Match*, je m'en bats l'œil, c'est pas mon affaire, j'ai autre chose à faire, et je me lève donc, je m'apprête à traverser l'avenue de l'Indépendance, je vais y arriver, y a pas de voitures qui passent des deux côtés, à moins que je ne sois devenu aveugle, y a pas non plus de mobylettes qui passent, y a pas non plus de pousse-pousse à vue d'œil, et voilà, c'est fait, je viens d'y arriver, je peux crier victoire, c'était pas gagné d'avance, j'ai donc traversé cette avenue et j'aperçois

La Cantatrice chauve, elle me voit venir vers elle, elle sourit, elle sourit toujours, je suis devant elle, elle sourit encore et me lance « dis donc Verre Cassé, tu as mis du temps à manger aujourd'hui, tu n'avais pas faim ou quoi, hein, en plus tu vas tomber par terre comme je te vois là, waiiihh, combien de litres tu comptes dans ton ventre comme ça, papa », et moi je dis que j'ai pas encore bu, que depuis ce matin j'ai pas bu une seule goutte d'alcool, et je ris en débitant ce mensonge gros comme une résidence secondaire d'un dictateur africain, mais je sais qu'elle ne me croit pas puisqu'elle me dit « est-ce que tu as déjà vu un soûlard dire qu'il a bu, hein, jamais de la vie, papa, y a d'ailleurs une chanson qui dit *"momeli ya massanga andimaka kuiti té mama"* », je n'ai jamais écouté cette chanson, elle me dit que c'est une chanson de l'orchestre Tout-Puissant OK Jazz, un groupe mythique du pays d'en face, je connais pas trop la musique de ce pays-là, peut-être quelques airs des groupes Zaiko Langa Langa et Afrisa International, c'est tout, et je passe aux aveux « bon, Mama Mfoa, vraiment j'ai juste bu un petit verre, un tout petit verre, c'est tout, je jure », La Cantatrice chauve me regarde tout d'un coup avec compassion, je ne l'ai jamais vue afficher cet air sérieux depuis que je la connais, elle remue la tête et murmure « je t'ai dit d'arrêter de boire, Verre Cassé, tu vas mourir avec une bouteille à la main, papa, nous on t'aime bien dans le quartier», et je ne sais pas quoi lui répondre dans l'immédiat, alors je dis sans réfléchir «je te fais une confidence, j'arrête aujourd'hui à minuit, c'est juré, c'est promis, Mama Mfoa, et je ne remettrai plus les pieds ici», je voudrais bien aussi lui dévoiler que si je vais arrêter de boire c'est pas par peur de la mort, j'ai pas peur de mourir avec une bouteille à la main, au fond c'est une belle mort, c'est ce qu'on appelle mourir l'arme à la main, parce que faut s'attendre à tout quand on migrera en enfer ou au paradis, et là-bas tout dépendra de la porte étroite que chacun de nous empruntera, certains se tromperont sans doute de porte d'entrée, au paradis c'est du sérieux, là-bas il y a paraît-il des nuages tout blancs, des anges à la mémoire d'élé-phant et qui veulent que vous confirmiez combien de fois vous avez lu la Bible de Jérusalem, combien de vieilles femmes vous avez aidées à traverser l'avenue de l'Indépendance, quelles églises vous avez fréquen-tées sur terre, donc pas moyen de boire là-bas parce que c'est le grand examen oral, donc interdiction de boire au paradis, disons que c'est un peu la même chose en enfer où il sera aussi difficile d'avaler une petite gorgée de vin car, entre deux feux, le diable nous attendra avec une fourche tranchante, et si on lui demande une goutte de vin il s'énervera, s'écriera «quoi, qu'est-ce que tu me demandes là, imbécile, tu n'as pas assez bu sur terre comme ça pour venir nous casser les couilles jusqu'au purgatoire, hein, il fallait t'orienter vers le paradis, un peu plus loin, en passant par ces montagnes de nuages sombres, tant pis pour toi, fallait bien boire en bas lorsque nous t'en avons donné l'occasion, ici c'est le verdict sans voies de recours, ici ce sont les flammes qui gouvernent dans leur crépitement apocalyptique, c'est l'incinération un point c'est tout, on ne boit pas d'alcool ici, on s'en sert pour allumer et attiser les flammes, allez viens c'est ton tour de cramer, pauvre imbécile qui croyais que l'enfer c'était les autres » que je le rappelle quand même, je ne suis pas un méchant, je ne suis pas un hystérique ou quelque chose de ce genre non plus, ah non, jamais je ne permettrai à quiconque de me traiter ainsi même si je vais déposer mes gants à minuit pile, je suis un homme sensé, sinon pourquoi ceux qui prétendent ne pas être des soûlards sont incapables de maîtriser la table de multiplication, hein, multiplier les nombres par 2 ça va encore, mais là où ça se corse c'est quand on arrive à la multiplication par 9, puis avec les décimales et tout le bazar, moi je suis celui qui résiste à la tentation de compter avec les doigts ou les bâtonnets, c'est vous dire que je n'ai jamais vu une machine à calculer, donc les mathématiques modernes je m'en fous comme de l'an quarante, la vie pour moi c'est la bouteille et la table de multiplication, de même que la vie pour mon père était le jazz et le vin de palme, les

Coltrane, les Monk, les Davis, les Bechet et autres Nègres à trompette et clarinette, Dieu Lui-même nous a dit de nous multiplier, par contre Il n'a pas précisé par combien nous devrions nous multiplier, mais Il nous a rappelé que nous devrions nous multiplier, j'aime bien la multiplication même si j'ai toujours préféré la géographie ou la littérature, il est vrai que je n'aurais pas pu aller loin avec la littérature si j'avais fait de longues études, ça mène nulle part la littérature, la géographie encore ça pouvait passer puisqu'elle aurait pu me permettre de voyager dans le monde, j'aurais étudié en long et en large les grands fleuves, le fleuve Congo, le fleuve Amour, le Yang-Tsé-Kiang ou l'Amazone, mais je n'ai jamais vu ces fleuves de mes propres yeux, le seul fleuve que je connais est tout rouge et tient dans une bouteille, ce fleuve couleur pourpre est aussi intarissable que ceux que je viens de nommer, et quand je pense aux litres de vin que j'ai bus depuis ces vingt dernières années, si c'est pas un long fleuve tranquille ça, alors je ne sais plus où va le monde, bon je vais pas me mettre à ressasser des choses hydrographiques à présent, l'eau est un élément dangereux, et j'ai encore la rage quand je réalise que ma mère a dû gober des gorgées d'eau avant de rendre l'âme, sans avoir le temps de dire « *notre Père qui êtes aux Cieux* » je peux toutefois noter sur cette page que, sans me vanter, d'une manière ou d'une autre, j'ai voyagé à travers le monde, je ne voudrais pas qu'on me prenne pour un gars qui ignore les choses qui se passent hors de sa terre natale, je n'accepterais pas un tel raccourci, c'est pas ce vin que je cuve qui me ferait oublier ce que j'ai entrepris tout au long de ma jeunesse, disons que j'ai plutôt voyagé sans bouger de mon petit coin natal, j'ai fait ce que je pourrais appeler le voyage en littérature, chaque page d'un livre que j'ouvrais retentissait comme un coup de pagaie au milieu d'un fleuve, je ne rencontrais alors aucune frontière au cours de mes odyssécs, jc n'avais donc pas besoin de présenter un passeport, je choisissais une destination au pif, reculant au plus loin mes préjugés, et on me recevait à bras ouverts dans un lieu grouillant de personnages, les uns plus étranges que les autres, était-ce un hasard si ce voyage avait commencé par la bande dessinée, hein, je n'en suis pas certain, en effet je m'étais retrouvé un jour dans un village gaulois avec Astérix et Obélix, puis dans le Far West avec Lucky Luke qui tirait plus vite que son ombre, et quelque temps après, je m'étonnai même des aventures de Tintin, de son habileté à déjouer les traquenards, de son petit chien Milou, un canidé intelligent et toujours prêt à aider son maître en cas de force majeure, et des chiens comme lui on n'en voit pas ici au quartier Trois-Cents, les chiens de chez nous ne se préoccupent que des osselets qu'ils peuvent croquer au milieu des décharges publiques, ils sont incapables de cogiter, et puis y avait ce personnage de Zembla qui me replongeait dans la jungle, de même que ce musclé de Tarzan qui cabriolait de liane en liane, y avait aussi l'ami Zorro qui maniait avec dextérité son épée tandis que l'envieux Iznogoud voulait être calife à la place du calife, je me souviendrai toujours de ma première traversée d'un pays d'Afrique, c'était la Guinée, j'étais l'enfant noir, j'étais fasciné par le labeur des forgerons, j'étais intrigué par la reptation d'un serpent mystique qui avalait un roseau que je croyais tenir réellement entre les mains, et très vite je retournais au pays natal, je goûtais aux fruits si doux de l'arbre à pain, j'habitais dans une chambre de l'hôtel *La Vie et demie* qui n'existe plus de nos jours et où, chaque soir, entre jazz et vin de palme, mon père aurait exulté de joie, et je me réchauffais au feu des origines, pourtant il fallait aussitôt repartir, ne pas s'enfermer dans la chaleur de la terre natale, sillonner le reste du continent pour écouter les élégies majeures, les chants d'ombres, il fallait traverser des villes cruelles dans l'espoir de rencontrer un dernier survivant de la caravane, il fallait vraiment partir, remonter vers le nord du continent, vivre la plus haute des solitudes, voir le fleuve détourné, résider

dans la grande maison illuminée par un été africain,
quitter donc le continent, découvrir d'autres contrées
chaudes, pénétrer dans le village de Macondo, y vivre
cent ans de solitude, d'aventures, de découvertes, et
là-bas se laisser enchanter par la magie d'un personnage du nom de Melquiadès, se laisser fasciner par les
contes d'amour, de folie et de mort, passer en toute
discrétion par le tunnel qui mène vers la connaissance
des sentiments humains, il fallait d'abord que j'ouvre
la maison verte, que j'aille ensuite même en Inde
écouter le sage Tagore psalmodier son *Gora*, il fallait
que je ratisse le continent européen si cher à notre
ami L'Imprimeur, moi l'étranger, moi le révolté, moi
l'homme approximatif, j'étais juste derrière un type
qu'on appelait le docteur Jivago et qui marchait dans
la neige, c'était la première fois que je voyais à quoi
ressemblait la neige, et il y avait cet autre vieillard en
exil à Guernesey, cet ancêtre au visage zébré de rides
me faisait pitié, il était sans cesse en train d'écrire, de
dessiner des trucs à l'encre de Chine, il était infati-
gable, les yeux avec des poches de chair, il ne m'avait
même pas entendu venir, je lisais par-dessus son
épaule les châtiments qu'il notait dans son cahier et
promettait de faire subir au monarque qui le traquait,
l'empêchait de fermer l'œil et qu'il avait surnommé
Napoléon le Petit, j'enviais les cheveux gris de ce type
qui n'était pas n'importe qui, j'enviais la barbe abon-

dante de patriarche de cet homme qui avait traversé le siècle, il paraît même que depuis son enfance il avait dit «*je serai Chateaubriand ou rien*», et moi j'admirais son regard immobile que j'avais déjà remarqué dans un vieux Lagarde et Michard qui me servait de manuel scolaire du temps où j'étais encore un homme pareil aux autres, et je m'étais retrouvé dans sa demeure à lui, aux Feuillantines, j'avais franchi le jardin et m'étais caché dans une roseraie, c'est de là que j'épiais ce grand-père rebelle et coureur de jupons, il avait le dos courbé, le nez plongé dans ses feuillets éparpillés qu'il raturait nerveusement, parfois il arrêtait d'écrire des poèmes et se mettait à dessiner des pendus, j'étais à quelques pas de sa demeure, et je l'aperçus se lever avec difficulté, exténué par le travail, il voulait sortir, marcher un peu, histoire de se dégourdir les jambes, je m'éclipsai, de peur de croiser son regard, je quittai ce lieu, et, de retour au quartier Trois-Cents, j'allais souvent vers l'océan Atlantique pour quémander quelques sardines aux pêcheurs béninois jusqu'au jour où je crus apercevoir un albatros, cet oiseau maladroit portait des ailes alourdies par l'errance perpétuelle au-dessus de la rage des vagues, son envol dessinait les contours des territoires qu'il avait visités ou des navires qu'il avait suivis, et soudain, vers les cabanes des pêcheurs, je vis un vieil homme maigre et sec qui me dit d'une voix éraillée «jeune homme, je me pré-

sente, je m'appelle Santiago, je suis un pêcheur, ma
barque est toujours vide, mais j'aime la pêche », et ce
Santiago était accompagné d'un gamin triste de le
voir chaque soir rentrer chez lui avec une barque vide,
mais il fallait partir, il fallait s'éloigner, et j'ai toujours
voyagé comme ça, toujours à la quête de je ne sais
quoi, aujourd'hui je n'ai plus l'endurance d'antan, la
volonté s'est émoussée au fil des ans, et je me laisse
aller comme une immondice qui suit le courant d'un
fleuve détourné

la dernière fois, je crois que c'était le jour où j'avais dit que je me reposais un peu, que j'arrêtais d'écrire un moment, et avant de quitter notre bar j'ai vu arriver le camion Saviem qui livre le vin rouge, j'ai vu les casiers de vin rouge qui formaient une montagne pas possible, en même temps y avait des enfants terribles qui tournaient autour, et je me suis dit que ce pays est vraiment dans la merde totale, voilà que les enfants terribles tournent maintenant autour des casiers de vin, et puis un gars les a chassés de ce butin précieux, il leur a dit que le vin c'était pas pour les enfants terribles, qu'ils devaient patienter jusqu'à leur majorité et que, pour l'heure, ils devaient se contenter de jus de pamplemousse, de lait Guigoz ou Bébé Hollandais ou Blédilac et des jouets appropriés à leur âge de fretin, et les enfants terribles sont partis très furieux, alors je me suis mis à rêver, à me demander laquelle

de ces milliers de bouteilles emprunterait en premier
le chemin tortueux de mon gosier pendant que le
manutentionnaire déchargeait tout ça avec un déta-
chement qui m'horripilait, le type montrait en effet
peu de respect pour ces bouteilles à qui il doit son
pain de chaque jour et de chaque nuit, je plaignais les
pauvres bouteilles, elles se cognaient les unes contre les
autres, elles se bousculaient, se donnaient des coups
bas mais se tenaient bien droites dans les casiers, et le
manutentionnaire entassait tout ça à côté de moi,
j'ai pris une bouteille au hasard en faisant signe à
L'Escargot entêté que je paierai tout à l'heure et non
demain, il a dit « y a pas de problème, Verre Cassé, si
c'est toi je n'ai pas à m'inquiéter, si c'est les autres, je
leur réponds que le crédit est mort, il a voyagé depuis
longtemps », et c'est ça l'amitié, la grande amitié entre
L'Escargot entêté et moi

et alors que j'étais assis paisiblement le jour de
cette livraison au *Crédit a voyagé*, tout d'un coup le
type qui porte quatre couches épaisses de Pampers au
cul avait pointé son nez rouge un peu comme celui du
clown Zapatta, il était sorti de je ne sais où, de la boîte
de Pandore sans doute, mais il était là devant moi, il
avait le souffle un peu coupé, les cheveux ébouriffés,
la peau couverte de poussière comme un candidat à

une séance de vaudou, il n'était chaussé que d'un pied, de la bave coulait de sa bouche comme s'il avait trop parlé durant la journée, il n'était pas celui que je connaissais, c'était un autre homme, j'ai pas tout de suite voulu le regarder avec son air de petit malheureux à qui l'on vient de ravir une clémentine des mains, non, j'ai pas voulu le regarder parce qu'il me donnait l'impression d'un homme hanté par le songe d'une photo d'enfance, en plus y avait toutes ces mouches qui couraient après son derrière, et il s'est alors rué vers moi comme s'il avait rêvé de moi, comme si c'était moi qu'il était venu voir particulièrement, et il s'est planté en face de moi, figé comme une statue de sel, et j'ai posé enfin mes yeux sur lui, je le trouvais bizarre, vraiment très bizarre cette fois-ci, on aurait dit qu'il devait résoudre la quadrature du cercle et qu'il venait solliciter mon aide, c'est un peu tout ça qui m'a sans doute poussé à hâter ma retraite le plus tôt possible, et donc le type aux Pampers s'est assis à côté de moi sans un mot, il s'est assis comme un zombie venu du pays sans chapeau, et je n'ai rien dit, « tu en es où avec ton cahier, est-ce que tu as bien raconté mon histoire à moi » m'a-t-il demandé, j'ai fait oui de la tête, mais il est resté incrédule, posant ses yeux sur mon cahier que j'ai aussitôt refermé, et il a commencé à me raconter de nouveau son histoire avec sa femme, cette histoire de changement de serrure, de pompiers, de policiers, surtout du policier de nationalité féminine qui l'avait menotté, je l'écoutais d'une oreille parce que j'avais déjà tout raconté à son sujet, parce que les vieux disques me soûlent quand même, il m'a dit « tu m'écoutes ou pas, Verre Cassé, je te parle, merde », j'ai répondu « bien sûr que je t'écoute, mon brave, c'est triste ton histoire, tu es un battant, j'admire ton courage, c'est pas tout le monde qui a ton courage », il a dit « mais pourquoi tu ne notes donc pas ce que je te livre maintenant, hein, tu me dis de bonnes paroles, tu fais ça pour me consoler, je le sais, tu fais ça pour me consoler, en réalité tu en as rien à cirer de mon histoire, tu en as rien à cirer de la ruine presque cocasse d'un polichinelle, je te dis qu'à la maison c'est moi qui payais tout, le courant, l'eau, le loyer, et tu ne me crois pas, hein, dis-moi quand même que tu me crois, merde, dis-moi quelque chose au moins, Verre Cassé », j'ai répondu « mon brave, ton histoire m'intéresse, jamais je ne me payerais ta tête, crois-moi », et il a dit « alors qu'est-ce que tu penses de ça, que dis-tu de mon histoire de fou, hein, qu'est-ce que tu en penses, dis-le franchement, est-ce que je suis un con tel qu'on me voit en ce net moment, est-ce que j'ai réellement la tête d'un polichinelle », j'ai répondu « on a la vie devant soi, tu sais, même si ta femme a été méchante et même si elle fornique encore avec le gourou de cette secte maudite, on a la

vie devant soi », et il a sursauté comme si je venais de
le froisser, de l'insulter « qu'est-ce que tu me racontes
là, Verre Cassé, hein », j'ai cru qu'il allait me sauter
dessus, et donc j'ai dit doucement « je voulais simplement rappeler que ta femme est une sorcière, oublie-
la, c'est un dossier classé, tu n'es pas un con, tu n'as
pas la tête d'un polichinelle, tu es un gars sensible,
généreux, ouvert, les mots me manquent même pour
dire qui tu es, mais tu es un homme bon », mais c'était
comme si j'avais jeté de l'huile sur le feu, le type a dit
en élevant soudain la voix « ah non, Verre Cassé, ah
non, je ne te permettrai jamais d'insulter mon ex-
femme comme ça, pourquoi tu dis qu'elle est sorcière,
pourquoi tu dis qu'elle baise avec le gourou-là qui
passe à la télé, pourquoi tu dis qu'elle est méchante, si
tu dis ça, c'est donc que tu n'as pas bien compris ce
que je t'ai raconté l'autre fois, je veux lire ton cahier
maintenant, je m'en doutais, tu me déçois Verre
Cassé, tu me déçois vraiment », et moi je ne comprenais plus rien, ce type me soûlait à présent, le voilà qui
défendait une femme qui l'avait mis dehors, une
femme qui l'avait envoyé en prison, une femme qui
avait fait que son derrière se mette à suinter pour
l'éternité, je lui ai dit alors d'une voix conciliante « je
croyais que tu en voulais à ta femme, donc tu l'aimes
alors », et il a renchéri « bien sûr que je l'aime, qu'est-
ce que tu crois, pourquoi tu dis que c'est un dossier

classé, hein, je l'aime toujours, même que d'ici là je redeviendrai un homme pareil aux autres, mon derrière va sécher, je ne porterai plus de couches, et j'irai reconquérir ma femme, nous vivrons une nouvelle romance sans tam-tam, je lui écrirai des poèmes qui parlent du lys et du flamboyant, je l'emmènerai visiter Kinshasa, sur l'autre rive, on a quand même six enfants ensemble, voyons, c'est pas une histoire à prendre à la légère, je t'ai fait confiance, je t'ai parlé de ma vie, et toi tu te moques de moi, tu parles de dossier classé, je sais qu'au fond tu te payes ma tête, donne-moi ce cahier, je vais le lire, si tu ne me le donnes pas ça va mal tourner entre toi et moi, d'ailleurs il faut que tu effaces tout ce que tu as écrit sur moi, je veux pas que les gens apprennent mon histoire », et moi je ne savais plus quoi lui raconter, fallait que je trouve quelque chose, que je détende l'atmosphère, et j'ai bredouillé « mon brave, je suis heureux de t'entendre parler comme ça, en tout cas je te soutiens entière-ment, crois-moi, c'est pas moi qui me payerais ta tête », il ne l'a pas entendu de cette oreille, il a attaqué de nouveau « ah non, Verre Cassé, tu n'es pas sincère quand tu dis ça, tu n'es pas sincère, pas du tout, je le sens, ne fais pas ça avec moi, ne fais pas semblant, tu vas m'énerver, ça va finir mal entre toi et moi, crois-moi, donne-moi ce cahier », je me suis levé, j'ai mis le cahier sur le tabouret et me suis assis dessus, comme

ça il ne pouvait pas me l'arracher de force, j'étais surpris, choqué, je n'arrivais pas à m'imaginer que c'était
ce type qui me parlait de cette manière, et je lui ai dit
« qu'est-ce qui se passe, mon gars, est-ce que y a un
problème entre nous deux, hein », et alors, comme il a
commencé vraiment à plus que me soûler, j'ai sorti la
grande artillerie, l'artillerie lourde « tu veux vraiment
que je te dise, connard, j'aurais voulu que les gars de
la prison de Makala te bousillent encore et encore le
derrière, qu'ils t'enculent même jusqu'à la gorge », j'ai
lancé comme ça par nervosité, il a répondu aussitôt
« et toi, tu crois donc que je ne connais pas ton histoire
à toi, hein, oui je sais tout, j'espère que tu auras le
courage de la noter dans ton cahier parce que c'est
trop facile de parler des autres et de ne pas parler de
soi-même, moi je sais qui tu es, tu es un hypocrite, tu
es un vrai hypocrite, tu n'es qu'un minable, un gars
perdu qui se la joue sage ici, en fait tu n'es rien, rien
du tout », il a dit ça, là il poussait petit à petit le bou-
chon à la limite du seuil de tolérance, j'ai voulu
calmer le jeu « mon brave, qu'est-ce qui te prend donc
aujourd'hui, je ne veux que ton bien, discutons en
adultes », il m'a fait un bras d'honneur et a lancé « va
te faire foutre, vieille canaille, espèce de crapaud-
brousse », donc n'y avait plus rien à faire, rien du tout,
et j'ai dit « mon gars, je peux te faire virer d'ici, est-ce
que tu sais que L'Escargot entêté est mon ami per-

sonnel, hein», «il est aussi mon ami personnel, il est
l'ami personnel de tout le monde», il a répondu
comme ça, avant d'ajouter d'un air de dédain «je
connais ton histoire, Verre Cassé, je la connais de A
à Z, c'est pas moi que tu peux berner, n'est-ce pas toi
qui montrais tes fesses aux enfants quand tu ensei-
gnais, hein, et d'ailleurs ta mère, parlons-en, oui ta
mère, elle n'était qu'une ivrogne du quartier, une
loque qui s'était noyée dans la Tchinouka, c'est ça,
c'est toi le pédophile, pas moi, c'est pour ça qu'on t'a
viré de l'école des Trois-Martyrs, c'est parce que
tu souillais le vestiaire de l'enfance, c'est parce que tu
arrachais les bourgeons, c'est parce que tu tirais sur
les enfants», ce type me cherchait, il voulait me voir
hors de moi, comment pouvait-il me traiter de pédophile, moi, hein, comment pouvait-il oser salir la
mémoire de ma mère, comment pouvait-il oser la
traiter d'ivrogne alors qu'elle ne buvait pas, connais-
sait-il ma mère, hein, l'avait-il vue au moins une seule
fois, hein, ma mère c'est ma mère, or pour moi elle
n'est pas morte, elle est en moi, elle me parle, elle me
guide, elle me protège, je ne pouvais pas laisser passer
cet outrage, ce défi, pour qui se prenait-il, et moi, le
cœur gonflé, je tremblais, j'ai ressenti une vipère au
poing, je me suis murmuré des paroles acides du
genre «*Ô rage, ô désespoir, n'ai-je donc tant vécu que pour
cette infamie*», mais peu importe, j'étais dans un état

de colère pas possible, et je lui ai dit «dégage donc de ce bar, espèce de macchabée ambulant, espèce de naufragé de la presqu'île», et il a répliqué «je ne bougerai pas d'ici, c'est pas toi le patron, espèce de vieux con, prends ta retraite, ton heure a sonné, place aux jeunes», et alors je me suis levé en deux temps trois mouvements comme un couple qui danse un tango de la haine, j'ai pivoté autour de moi-même, j'ai attrapé le type par le col de sa chemise en lambeaux, les forces me revenaient, les forces étaient en moi, j'allais rugir, aboyer, gronder comme le tonnerre, je l'ai secoué comme une vulgaire bouteille d'Orangina, je lui ai envoyé ma vipère au poing dans la figure, il n'a pas vu venir cette vipère au poing, et les gens ont commencé à crier, certains à me dire de bien lui casser la figure à ce type au cul mouillé à perpétuité, et le type a chié dans ses couches parce que, lorsque j'ai la vipère au poing comme ça, je deviens très dangereux, c'est ma mère qui m'avait fait ces gris-gris quand j'étais tout petit, elle voulait que je sois fort parce que j'étais fils unique, elle ne voulait pas que les gens me tabassent à l'école, donc tous les gars qui ont reçu ma vipère au poing savent combien ça fait mal, combien ça terrasse, et j'ai fauché le type aux Pampers, nous sommes tombés par terre, nous avons roulé dans la poussière jusqu'au bord de l'avenue de l'Indépendance, non loin de La Cantatrice chauve, et

je crois que tout le quartier était dehors, les specta-
teurs criaient *«Ali boma yé, Ali boma yé, Ali boma yé»*
parce que c'était moi Mohammed Ali, et lui George
Foreman, moi je volais comme un papillon, moi je
piquais comme une abeille, et lui était un légume,
avec des pieds plats, des coups que je voyais venir et
que j'esquivais avec adresse, et quand on se tapait
dessus c'est bien moi qui prenais le dessus parce que
l'autre, c'était vraiment un légume du marché noir,
je lui donnais des coups de pied, des coups de tête,
parfois je me faisais mal, mais il encaissait, il subissait
une pluie de coups, je n'arrêtais plus, et le type pensait même qu'il était cerné, qu'il combattait contre
cinq ou six gars, et il saignait du nez, et il appelait sa
maman au secours, il voulait détaler, et moi je le rete-
nais, le balançais, le retournais, l'envoyais mordre la
poussière, et L'Escargot entêté est sorti du bar avec
un torchon sur l'épaule gauche, il a couru vers nous, il
a écarté les gens «laissez-moi passer, y a rien eu, déga-
gez tous, je vous dis», et la foule a manifesté sa répro-
bation parce que le spectacle de notre infortune
semblait lui plaire, L'Escargot entêté nous a séparés,
ils nous a fait asseoir autour d'une table et nous a
dit «c'est quoi cette histoire de fous, vous deux-là,
je ne veux pas de ça dans mon établissement, pourquoi donc vous battez-vous comme des diables, vous
voulez me causer encore des problèmes ou quoi, vous

voulez qu'on retire ma licence ou quoi, hein, merde, vous êtes des adultes et vous vous comportez comme des gamins, y a jamais eu de bagarre au *Crédit a voyagé,* et puis les autorités vont venir dire que c'est la pagaille ici, et elles vont me fermer mon établissement, je veux pas ces conneries chez moi, est-ce que c'est clair, hein », et j'ai dit « je jure que c'est lui qui m'a cherché, je voulais pas la bagarre, moi », et il a dit « non, c'est pas vrai, je jure que c'est lui qui m'a cherché, c'est ce vieux de Verre Cassé, je voulais pas faire la boxe, je voulais seulement qu'il n'écrive rien sur ma vie », et j'ai dit « tu n'as pas honte de mentir comme ça, hein », et il a dit « c'est toi le menteur, tu écris n'importe quoi sur les gens, tu te prends pour un écrivain ou quoi, hein », et on a encore voulu en venir aux mains, c'est là que le patron a crié « arrêtez, je vous dis, merde, ça suffit comme ça, je ne veux rien savoir de tout ça, prenez ces deux bouteilles et réconciliez-vous, serrez-vous la main, vite », et nous nous sommes serré les pinces, et on nous a applaudis même du dehors où les gens attendaient pourtant que la bataille se poursuive, et nous avons bu avec le type aux Pampers, et nous avons oublié cet incident, et j'ai ramassé mon cahier qui traînait par terre pour aller faire un tour dans le quartier à chacun ses soucis, mais le type aux Pampers c'est vraiment de gros soucis qu'il se coltine depuis la nuit des temps, je ne provoque jamais personne, je l'ai dit à plusieurs reprises, et c'était d'ailleurs ma première dispute ici, c'est pour ça que je m'étais dit que l'heure de ma retraite avait sonné, j'étais capable d'aller loin dans cette bataille, j'ai encore des forces, c'est pas des connards de son espèce qui peuvent troubler le cours de mon existence, l'empire de mes nuages, je resterai digne sur la scène comme au ciel, moi le gardien des ruines de ces lieux, à chacun sa merde, ce type doit avoir un quotient intellectuel litigieux, il pensait que je ne pouvais plus botter le cul à quelqu'un parce que je suis devenu un objet d'antiquité, et il a compris qu'un dinosaure reste un dinosaure et que le temps ne fait rien à l'affaire, donc depuis cette bagarre j'ai pris la résolution de ne plus écouter son histoire de merde, j'étais à deux doigts de la retirer de ce cahier, de brûler les pages consacrées à sa mort à crédit, mais je me suis dit qu'il serait intéressant de la laisser et de rapporter notre petite bagarre parce qu'il faut tou-jours pimenter les choses pour ne pas endormir celui qui pourrait lire, mais ce type aux Pampers, je ne lui parle plus, j'ai adopté une nouvelle philosophie de vie, elle est simple, efficace, j'ai en effet décidé de dire à tous les peintres qu'ils ont du génie, sans ça ils vous mordent, mais je ne sais plus qui a déjà dit ces belles paroles de sagesse, sans doute un type bien, un type très sérieux qui vénérait sa défunte mère et la prenait pour une belle du Seigneur, donc les couches Pampers, la serrure changée, le policier de nationalité féminine, les pompiers pyromanes, tout ça je m'en bats l'œil, au diable ces bla-bla, c'est plus mon affaire, je n'en entendrai plus parler désormais je viens de demander l'heure à un type bizarre qui boit à deux tables de moi, je ne l'ai jamais vu ici, le gars tient un livre à la main, et le titre est en anglais, moi je ne parle pas cette langue, mais je peux voir sur la couverture du livre un dessin de cheval déchaîné, je ne peux pas lire d'ici tout le titre du livre, y a que les mots *in the rye* que je lis, le reste est caché par les grosses mains du type, mais je lui demande tout de même l'heure, le type me dévisage, sourit comme s'il me connaissait, il me dit qu'il est entre 18 heures et 18 heures 30, et comme je n'aime pas ce genre de réponses vague à l'âme, je lui dis «c'est quoi cette façon de donner l'heure, soit c'est 18 heures, soit c'est 18 heures 30», et il me toise, me dit à haute voix «va donc te faire foutre, vieille éponge, tes cheveux ont blanchi dans ce bar, tu pues la merde, qu'est-ce que tu fous encore ici, tu devrais aller lire les contes

d'Amadou Koumba ou de Mondo et autres histoires
à tes petits-fils au lieu de passer tes jours à regarder les
gens, à noter je ne sais quoi dans ce cahier de merde»,
je n'ai pas pu répondre sur-le-champ parce que visi-
blement ce type me cherchait une querelle de Brest,
et je me suis dit «autres temps, autres mœurs, voilà
que des margouillats viennent hocher leur tête devant
un lion âgé qui ne demande que respect et considéra-
tion, voilà que ce même lion âgé subit des coups de
pied d'un Aliboron galeux», l'idée de clouer le bec à
ce vaniteux m'est venue, j'ai ressenti de nouveau une
vipère au poing comme le jour où je m'étais opposé
au type aux Pampers, mais à quoi bon, n'y a-t-il rien
d'autre de plus important dans la vie, pourquoi
perdre son temps avec des gens qui lisent des livres en
anglais, hein, mais la rage me pousse à lui dire deux
mots, et je lui demande «jeune homme, qui es-tu pour
me parler comme ça», il met un temps à me considé-
rer avant de dire «je suis un nouveau ici, je m'appelle
Holden», et je secoue la tête, je me dis qu'autrefois je
me serais intéressé à ce type, il allait se livrer, il allait
me raconter le mode d'emploi de sa vie de merde, de
ses déboires avec son monde à lui, parce qu'il vit dans
une autre époque, ce type, il doit encore se croire
dans l'époque de l'après-guerre, mais j'ai plus envie
qu'on m'attrape le cœur par ce genre d'histoires bou-
leversantes, et ce type qui se fait appeler Holden, il est

bizarre, il a l'air d'être un adolescent en crise alors qu'il doit couver au moins la trentaine ou quelque chose comme ça, il est tout rond, le visage bouffi, les chaussures trouées, il a déjà su comment la lame du destin a blessé le cours de la vie des clients de ce bar, et puis je m'en fous maintenant, je n'ai plus besoin d'écouter qui que ce soit, et je détourne mon regard, mais le type ne me lâche pas, il me dit «je vais te poser une question, à toi le sage, à toi le plus vieux», le type sait en plus comment piquer ma curiosité, je me demande alors quel genre de question il peut me poser, je m'attends au pire, et il pose sa question «est-ce que tu peux me dire ce qu'il advient aux pauvres canards des pays froids lorsque tombe l'hiver, hein, est-ce qu'on les enferme dans un parc zoologique, est-ce qu'ils migrent vers d'autres contrées ou bien les pauvres canards se retrouvent coincés dans la neige, hein, je veux ta réponse à toi», je le regarde avec de gros yeux, il doit se payer ma tête, il est vraiment le plus timbré de tous, et il a fallu que je le croise maintenant, et moi je lui lance «je ne veux pas t'écouter, je ne veux plus écouter personne dans ce bar, y en a marre, je m'en fous des canards, je m'en fous qu'on les encage, qu'ils crèvent dans la neige ou qu'ils migrent vers d'autres contrées», et je lui tourne le dos, il m'attaque de nouveau «tu vas m'écouter, Verre Cassé, c'est un ordre, je veux aussi ma place dans ce cahier, c'est pas juste que tu ne parles pas de moi, j'ai des choses intéressantes dans ma saloperie de vie, et je te dis que je suis le plus important de tous les gars qui viennent ici, j'ai fait l'Amérique », et je lui dis « ne te fatigue pas mon gars, tu n'attraperas pas mon cœur à ce jeu-là, j'ai déjà entendu quelqu'un me dire ici qu'il était le plus important parce qu'il avait fait la France », et il a dit « oui, mais moi je viens de loin, de très loin, c'est pas la même chose », « je m'en moque mon gars, tu ne peux pas venir de plus loin que moi Verre Cassé », et il s'écrie « quoi, hein, tu prétends que toi-là qui n'as jamais pris l'avion tu viens de loin, hein, laisse-moi rire, s'il y a quelqu'un qui est resté immobile comme une montagne, c'est bien toi », je ne lui réponds pas, je m'éloigne de quelques pas, « dis donc, tu veux que je te raconte mon histoire ou pas », « non, merci, la coupe est pleine », et, alors que j'étais à deux mètres plus loin, il crie « je viens de loin, de très loin, j'ai passé une partie de ma jeunesse en Amérique », et moi je lui réponds « l'Amérique ne me fera jamais changer d'avis », et je lui tourne définitivement le dos pendant qu'il bredouille « merde, c'est quand même l'Amérique, la première puissance du monde, je vais tout faire, tu finiras par m'écouter, tu écriras mon histoire d'Amérique, sinon ton cahier ne vaudra rien, rien, que du papier cul », je l'entends toujours crier après moi « hé Verre Cassé, je ne rigole pas, je veux vraiment que tu me répondes, est-ce que tu peux me dire ce qu'il advient aux pauvres canards des pays froids lorsque tombe l'hiver, hein, est-ce qu'on les enferme dans un parc zoologique, est-ce qu'ils migrent vers d'autres contrées ou bien les pauvres canards se retrouvent coincés dans la neige, hein » je quitte des yeux mon cahier et jette un coup d'œil vers l'entrée, je n'y crois pas, c'est Robinette qui se pointe, elle a tressé ses cheveux souvent hérissés, elle porte des pagnes neufs, son derrière est embastillé dans un super wax hollandais, L'Escargot entêté affiche un sourire qui me contrarie, il a l'air de m'inciter à y aller, à avouer à Robinette ce que j'ai dans le cœur, mais non, pas ça, c'est pas jouable, ça ne vaut plus la peine, mais la voici qui passe devant moi, je la regarde un moment, elle s'en rend compte et me dit «pourquoi tu me mates comme ça, tu veux ma photo ou quoi», et moi je dis «je ne sais pas de quoi tu parles, Robinette, je n'avais même pas remarqué que tu étais là», elle me pointe du doigt et s'écrie «menteur, tu me cherches ou quoi, donc comme je suis habillée comme ça, tu prétends que les hommes ne peuvent pas me voir, hein, tu me cherches, tu me cherches, Verre

Cassé», «je jure que je ne t'ai pas vue, mais ça veut pas dire que les autres hommes ici ne t'ont pas vue, moi c'est moi», elle s'écrie de nouveau «merde, tu me vexes, là tu me vexes encore plus, et pourquoi que toi tu ne m'as pas vue, hein, pourquoi que tu ne m'as pas vue, toi, je m'en fous des autres hommes, pourquoi que tu ne m'as pas vue, toi», «disons, en vérité, que je t'ai vue, mais j'ai fait semblant de ne pas t'avoir vue pour pas que tu saches que je t'ai vue, voilà», elle me répond «tu veux dire par là que je suis grosse, hein, c'est pour ça que tu as fait semblant de pas me voir, je suis grosse, c'est ça, dis la vérité», mais qu'est-ce qu'ils ont tous ces derniers temps à se liguer contre moi, est-ce qu'ils ont compris que moi, le patriarche de ces lieux, je m'oriente vers l'automne de mon règne, hein, et maintenant tout le monde a son mot à dire sur moi, tout le monde ne me craint plus, on pense que je suis fini, que je ne vaux plus un kopeck, un franc CFA, et j'ai comme le sentiment que j'ai bien vieilli, que les années pèsent sur mes épaules, que je n'ai plus d'attentes, que tout m'énerve, que je perds le cours des événements, que je deviens vulné-rable, que je ne peux plus répondre aux ânes qui me donnent des coups bas, d'abord y avait le gars aux Pampers, il m'avait pris la tête avec l'éternelle histoire de sa femme qui avait changé la serrure à 5 heures du matin, et pendant que moi je compatissais en bonne

foi du charbonnier ou même du sympathique chien
d'Ulysse, il avait osé s'attaquer à la mémoire de ma
mère au point qu'on s'était bagarrés, au point que
j'avais ressenti une vipère au poing, et puis y a eu aussi
L'Imprimeur même si les choses ne s'étaient pas
gâtées comme avec le type aux Pampers, mais L'Imprimeur était quand même provocateur avec son
Paris-Match, et voilà qu'aujourd'hui, comme un
enchaînement de petits malheurs, y a ce type au visage
bouffi qui vient paraît-il d'Amérique, qui prétend se
prénommer Holden, qui se préoccupe du sort des
canards en hiver, qui me traite de dépassé, de vieillard
et qui me demande de consacrer mon dernier automne
de patriarche à lire à mes petits-fils les aventures de
Mondo, les contes d'Amadou Koumba, sait-il que je
n'ai pas de petits-fils, le sait-il vraiment, donc les gens
sont sur les nerfs comme si je leur avais fait du mal, et
voilà à présent Robinette qui s'y met à son tour, c'est
quoi cette malédiction, je lui dis avec tact « j'ai pas
envie de me disputer avec toi, Robinette, je t'apprécie
beaucoup, je te jure », elle me dit « c'est faux, tu m'ap-
précies pas, d'ailleurs tu n'as jamais apprécié personne ici, sauf L'Escargot entêté », et moi je rétorque
« qu'est-ce qui te fait dire que je ne t'apprécie pas,
hein », « parce que tu n'es qu'un menteur de première
classe, tu mens comme tu respires, tu ne respectes
même pas tes cheveux gris, tu mens, tu mens et tu

mens toujours », je suis sans voix, mais je murmure quand même « je crois que tu te trompes, Robinette », elle reprend sa chanson « oui, tu es un menteur, un vrai menteur », et là je ne peux pas laisser passer ça, je la mets donc au défi « donne-moi un exemple, dis-moi quand et comment je t'ai menti », elle regarde le ciel, réfléchit un moment et me dit « est-ce que tu m'as déjà offert même une bouteille, une petite bouteille de vin, hein, non, jamais, tu n'es qu'un pingre, un égoïste, un branleur, tu m'as jamais d'ailleurs regardée, tu me détestes comme la peste, c'est ça, mais est-ce que tu connais le nombre de gens qui courent après mon cul, hein », les bras m'en tombent, je la regarde dans les yeux et je dis « prends une bouteille, je vais payer, ce jour est important pour moi », et, à ma grande surprise, elle refuse « non, non et non, tu me prends pour qui, pour une mendiante, pour une pauvre, tu es qui pour me dire ça, est-ce que je t'ai même demandé quelque chose moi, hein, tu veux me soûler pour me faire des cochonneries, c'est ça, connard », et comme elle parle très fort, sa voix domine le brouhaha général, les gens se retournent, j'entends des éclats de rires au loin, tout le monde suit à présent la scène, et je suis plus que gêné, il va falloir que je trouve un moyen de me tirer de cette situation, mais que faire, je ne vois pas, et je veux m'éloigner d'elle le plus vite possible, je guette donc l'heure sur la montre de ce rebelle d'Holden qui m'a engueulé il y a quelque temps, il est toujours assis à deux tables de moi et demande aux autres gars «est-ce que vous pouvez me dire ce qu'il advient aux pauvres canards des pays froids lorsque tombe l'hiver, hein, est-ce qu'on les enferme dans un parc zoologique, est-ce qu'ils émigrent vers d'autres contrées ou bien les pauvres canards se retrouvent coincés dans la neige, hein», et d'ici je peux apercevoir sa grosse montre accrochée à son cou, c'est une drôle de façon de porter une montre, on dirait même que c'est un réveil, et c'est peut-être comme ça que les Américains portent les montres, ces gars doivent aimer la démesure, et je réussis à lire l'heure, je m'écrie «mon Dieu, il est déjà 9 heures du soir»

je me lève pour sortir du bar, «ne bouge pas de là Verre Cassé, tu m'as promis une bouteille, ne bouge pas de là sinon ça va mal se passer entre toi et moi, paye ma bouteille», me dit Robinette, «putain, j'en ai marre, faut savoir ce que tu veux», je m'énerve à la fin, «pourquoi tu t'énerves mon chouchou, c'est pas bon, ça donne des rides, tu en as déjà trop sur le front», elle dit comme ça pendant que je me dirige vers le comptoir, L'Escargot entêté sourit, me tend une bouteille de rouge et me souffle à l'oreille «alors, tu l'embarques ou pas, la Robinette », je fais non de la tête et lui réponds « je crois qu'elle est folle, elle m'accuse de tout, je ne veux pas partir de ce bar avec des regrets dans la conscience, je vais lui payer ce verre qu'elle ne cesse de me demander », et le patron me dit « non, Verre Cassé, tu ne partiras nulle part, tu es un membre de la famille, donc arrête tes pleurnicheries, va voir cette fille, elle te changera les idées, c'est moi qui te le dis », et il se met à ricaner avant d'ajouter « elle a envie de toi, c'est gros comme le nez au milieu de la figure, oui elle veut de toi, elle te travaille au corps, insiste un peu, elle va t'emmener dans une chambre de passage ou alors va dans une de mes chambres, je te donne le feu vert », moi je n'y crois pas trop, et puis j'ai pas envie de me frotter à Robinette, je veux plutôt oublier son image désormais, elle me fatigue avec ses attaques gratuites, j'ai toutes les batteries à plat, je ne me vois pas la grimper, c'est plus mon truc, moi l'homme au désir d'amour lointain, et donc je tourne en rond, je veux aller prendre l'air le long de l'avenue de l'Indépendance avant de me barrer à minuit

mais voilà qu'au moment où je me mets debout et fais un pas décisif je me retrouve en face de L'Escargot entêté, « où vas-tu, mon gars » me dit-il, je ne réponds pas, il me retient par la main droite, il me demande comment les choses se passent avec Robinette, je reste silencieux, je lui tends le cahier, il le prend, je veux l'arracher aussitôt de ses mains, je ne veux plus le lui donner maintenant, je ne sais pas pourquoi je le reprends, mais je tente de le lui ravir, je n'y parviens pas, je le supplie de me redonner mon cahier, il me dit « pourquoi donc tu veux reprendre ce cahier maintenant, il est un peu tard pour écrire dedans, tu écris rarement après dix heures du soir, je sens que tu veux le déchirer, je ne te le donne pas, tu le reprendras demain matin si tu veux », « redonne-le-moi maintenant, je dois vérifier quelque chose dedans, je te jure que je vais te le rendre, j'en ai rien à foutre de ça, moi, je vais pas le déchirer, crois-moi », le patron feuillette rapidement le cahier et s'écrie « mais il est presque rempli, il reste juste quelques pages vierges, à quel moment tu as griffonné tout ça », je ne réponds pas, je souris à peine, L'Escargot entêté se rapproche de moi et me confie « ma proposition tient toujours, monte dormir chez moi, tiens les clés, tu peux même monter avec Robinette, je lui ai déjà parlé, elle est d'accord », je repousse les clés et arrive à reprendre le cahier, je le brasse à mon tour et je dis à L'Escargot entêté « tiens, tu peux le garder à présent, mission terminée », il s'étonne « comment ça mission terminée, il reste quelques pages vierges », et il feuillette

cette fois-ci les pages avec plus de concentration avant
de soupirer «j'avais pas bien vu, mais c'est vraiment le
désordre dans ce cahier, y a pas de points, y a que des
virgules et des virgules, parfois des guillemets quand
les gens parlent, c'est pas normal, tu dois mettre ça un
peu au propre, tu crois pas, hein, et comment moi je
peux lire tout ça si c'est collé comme ça, faut laisser
encore quelques espaces, quelques respirations, quelques moments de pause, tu vois, j'attendais quand
même mieux de toi, je suis un peu déçu, excuse-moi,
ta mission n'est pas encore terminée, tu dois recommencer», et moi je répète «mission terminée», je lui
tourne le dos, il hurle presque «où vas-tu, Verre
Cassé», je lui réponds que je vais prendre l'air loin du
bar, «tu vas aller où, Verre Cassé, ta maison c'est ici,
reviens», je lui dis «je reviens tout à l'heure», et je le
vois qui feuillette une fois de plus le cahier de notes,
puis je l'entends lire à haute voix les premières diva-
gations que j'avais notées au tout début du cahier
«*disons que le patron du bar* Le Crédit a voyagé *m'a
remis un cahier que je dois remplir, et il croit dur comme fer
que moi, Verre Cassé, je peux pondre un livre parce que, en
plaisantant, je lui avais raconté un jour l'histoire d'un
écrivain célèbre qui buvait comme une éponge, un écrivain
qu'on allait même ramasser dans la rue quand il était ivre,
faut donc pas plaisanter avec le patron parce qu'il prend
tout au premier degré*»

j'essaye vainement de me frayer un passage au milieu de la foule, Mompéro et Dengaki m'appellent en chœur, me rattrapent, « Verre Cassé, viens ici, viens s'il te plaît, reprends ton cahier », je reprends mon cahier et mon crayon, je suis déjà hors de l'établissement, mais je rapporte mon dialogue de tout à l'heure avec L'Escargot entêté, comme s'il se déroulait en direct, au présent, et je souris déjà à l'idée que ce soir personne ne sait que je vais voyager avec un saumon, que je vais marcher le long de la rivière Tchinouka, que j'irai rejoindre ma mère afin de boire, de boire encore ces eaux qui ont emporté la seule femme de ma vie qui pouvait me dire *« mon fils Verre Cassé, je t'aime et je t'aimerai même si tu es devenu aujourd'hui un déchet »*, elle était ma mère, elle était la femme la plus belle de la terre, et si j'avais du talent comme il faut, j'aurais écrit un livre intitulé *Le Livre de ma mère*, je sais que quelqu'un l'a déjà fait, mais abondance de biens ne nuit pas, ce serait à la fois le roman inachevé, le livre du bonheur, le livre d'un homme seul, du premier homme, le livre des merveilles, et j'écrirais sur chaque page mes sentiments, mon amour, mes regrets, j'inventerais à ma mère une maison au bord des larmes, des ailes pour qu'elle soit la reine des anges au Ciel, pour qu'elle me protège toujours et toujours, et je lui dirais de me pardonner cette vie de merde, cette vie et demie qui m'a sans cesse mis en conflit avec le liquide rouge de la Sovinco, je lui dirais de me pardonner le bonheur que j'ai éprouvé en inspectant sans relâche la croupe des bouteilles de rouge, et je sais qu'elle me pardonnerait, qu'elle me dirait *« mon fils, c'est ton choix, je n'y peux rien »*, et alors elle me raconterait mon enfance, l'antan d'enfance, elle me dirait comment elle m'avait élevé toute seule, comment elle avait fui le village de Louboulou après la mort de mon père, elle me raconterait comment j'allais à l'École populaire de Kouikou, comment j'empruntais seul le chemin de l'école, comment je marchais pendant deux heures, et je reverrais comme dans un miroir mes aventures d'enfance quand je courais le long de la Côte sauvage, en ce temps-là je ne voulais pas grandir parce que, après douze ans, la vie n'est qu'une merde, l'enfance est notre bien le plus précieux, tout le reste c'est de la compilation de

gaffes et de conneries, disons que durant ma jeunesse
je regardais chaque chose avec curiosité, je ne redou-
tais pas ces légendes selon lesquelles notre étendue
marine était habitée par des créatures mi-femme mi-
poisson qu'on appelle ici les *mami-watta*, et, toujours
à cette époque, la mer s'élançait à perte de vue tandis
que les cormorans venaient se poser sur la grève, les
ailes alourdies par l'errance, mais combien de fois,
intrigué, ne m'étais-je pas demandé ce qui se tramait
dans les profondeurs abyssales, et je croyais donc que
la mer était le sarcophage de nos ancêtres, que le goût
salé de l'eau venait de leur transpiration, cette croyance
faisait de moi un véritable enfant de la Côte, je ne
pouvais demeurer un seul jour sans me rendre au
port, ma mère ne disait rien, il n'y avait pas de voix
paternelle, donc je pouvais m'envoler, ramener un
thon le soir, un thon qu'elle dépeçait, et je la regardais
le réduire en petits morceaux jetés l'un après l'autre
dans une grosse marmite en aluminium, nous man-
gions en silence, et, d'une voix à la fois douce et triste,
elle me disait « ne va plus à la Côte sauvage, les gens
meurent là-bas, y a des mauvais esprits, hier on a
retrouvé deux enfants sur la plage, ils avaient le ventre
ballonné, les yeux révulsés, je veux pas te voir comme
ça un jour, sinon je te suivrai aussi, je ne peux pas
vivre sans toi, c'est pour toi que je vis encore », hélas,
le lendemain je me levais de bonne heure, je séchais

les cours et empruntais discrètement le camion de la Compagnie maritime, un véhicule aux freins usés et qui ramenait à leur lieu de travail les salariés du port, ceux-ci ne pouvaient pas m'expulser du camion, ils étaient accoutumés à ces gamins qui parfois les aidaient dans leur dur labeur, ils se poussaient un petit peu, ils laissaient monter les enfants de la Côte, et lorsque j'arrivais devant le port je soufflais un bon coup, je retrouvais mon univers, je voyais ces hordes de chiens rachitiques bavant de la gueule qui vaga-bondaient, eux aussi, j'observais leur queue en spirale tandis qu'ils se disputaient les restes des poissons avec les cormorans et les albatros, mais y avait surtout ces mouches venues d'on ne sait où, elles bourdonnaient telles des abeilles autour d'une ruche, moi je fixais l'horizon et me demandais comment j'allais entamer la journée et si j'allais rentrer avec un thon à la maison parce qu'il m'était souvent arrivé de revenir bre-douille à cause de la concurrence que me livraient les autres enfants de la Côte plus musclés que moi et rompus au travail de la mer, et certains jours nous étions plus nombreux que d'habitude alors que les pêcheurs étaient moins généreux et nous chassaient de leur barque en nous traitant de tous les noms d'oi-seaux marins, donc il fallait se battre pour un fretin, il fallait être le plus rapide, et lorsque nous apercevions une embarcation à l'horizon, nous poussions des cris de joie, nous nous bousculions, nous nous ruions enfin dans l'eau, nous devions montrer aux travailleurs de la mer que nous avions au moins touché leurs filets, que nous les avions aidés à venir accoster sur la grève, et nous ne les quittions plus d'une semelle jusqu'à ce qu'ils nous aient gratifiés de poissons, mais nous rêvions surtout de ramener un thon à la maison, oui, c'était cela mon enfance, je reverrais ces instants lointains où je lisais à la lueur d'une lampe tempête, ces instants où ma mère me disait que lire gaspillait les yeux et ne servait à rien du tout, lire rendait aveugle, et moi je lisais quand même, j'avais sans cesse le dos courbé, le front en sueur, je découvrais le secret des mots, je pénétrais en eux jusqu'à la moelle, je voulais gaspiller mes yeux parce que j'avais toujours cru que les myopes étaient des gars intelligents qui avaient tout lu et qui s'ennuyaient devant les incultes de la terre, donc je voulais être myope pour embêter les incultes de la terre, je voulais lire des livres écrits en petits caractères parce qu'on me disait que ce sont ces livres-là qui rendaient myopes, la preuve était que la plupart des prêtres européens qui sillonnaient le quartier Trois-Cents étaient tous des myopes avec de grosses lunettes, et c'était sans doute parce qu'ils avaient lu la Bible de Jérusalem mille et une fois sans s'arrêter, et je grandissais comme ça, les yeux rivés sur les pages des livres en attendant le jour où j'allais, moi aussi, porter de grosses lunettes comme les prêtres européens, en attendant le jour où j'allais dire et montrer à la terre entière que j'étais un homme intelligent, un homme accompli, un homme qui avait beaucoup lu, et j'ai attendu ce jour qui n'est jamais venu, et je n'ai jamais perdu la vue, Dieu seul sait pourquoi, et ma vue est sans doute ce qui est resté de plus jeune en moi, c'est injuste, c'est la vie, je n'y peux rien, mais dans quelques instants je vais enfin être seul en face de ma mère, c'est dans moins de deux heures maintenant, nous nous parlerons pendant longtemps, et, à minuit pile, je vais plonger dans les profondeurs de ces eaux étroites, il me suffira de passer le pont, ce sera tout de suite l'aventure, je serai heureux parce que j'aurai rejoint ma mère, et le lendemain, il n'y aura plus de Verre Cassé au *Crédit a voyagé*, et pour la première fois, un verre cassé aura été réparé par le bon Dieu, et alors, depuis l'autre monde, le sourire aux lèvres, je pourrai enfin murmurer «mission terminée»

je dois partir, je n'ai plus rien à foutre ici, je dois
me débarrasser de ce cahier, mais où donc dois-je le
jeter, je ne sais pas, je fais demi-tour vers le *Crédit à
voyagé* sans savoir pourquoi, on me prend pour
un timbré parce que j'écris en fendant la foule, je
croise ce type qui se fait appeler Holden, je l'entends
encore me sortir ses niaiseries d'adolescent rebelle et
me demander « hé, Verre Cassé, est-ce que tu peux
me dire ce qu'il advient aux pauvres canards des
pays froids lorsque tombe l'hiver, hein, est-ce qu'on
les enferme dans un parc zoologique, est-ce qu'ils
migrent vers d'autres contrées ou bien les pauvres
canards se retrouvent coincés dans la neige, hein, je
veux le savoir », il a bien appris sa récitation, il ne
change même pas l'ordre de ses mots chaque fois
qu'il me pose cette question, et je lui dis « Holden, tu
trouves pas que tu aurais mieux fait de demander ça

aux canards des pays froids quand tu étais là-bas,
hein, ça doit être encore un truc qui est dans ce bouquin que tu as entre les mains, j'en suis sûr», il me
regarde, très déçu, et murmure «t'es pas sympa, tu
n'aimes pas les canards, c'est ça, je vois, en fait je veux
vraiment le savoir, parce que tu ne peux t'imaginer le
sort qui est réservé à ces pauvres bêtes», et il se met à
sangloter, je lui demande quand même une fois de
plus l'heure même s'il a un réveil accroché au cou,
c'est une question de respect, et il refuse de me ren-
seigner, «je ne te donne pas l'heure si tu ne me dis pas
ce qu'il advient aux pauvres canards des pays froids
lorsque tombe l'hiver», et puis il s'avance de très près,
me mate un moment, me dit qu'il sera bientôt minuit,
je lui tends alors ce cahier en lui confiant «mon gars,
donne-le à L'Escargot entêté, ne l'ouvre surtout pas
même si toi aussi tu es dedans, mais je n'ai pas voulu
parler de ta vie, je n'ai pas assez de temps, du reste,
allais-tu me dire que tu étais un étudiant étranger,
hein, allais-tu me dire qu'un de tes amis t'a cassé la
figure dans le dortoir, que tu vagabondais ici et là
dans le Manhattan, que tu as été à New York, que tu
as vu des canards en hiver au *Central Park* et tout le
bazar, hein, ne me regarde pas avec ces grands yeux,
je n'ai jamais mis les pieds là-bas, personne ne m'a
raconté ton histoire, Holden, mais d'une certaine
manière tu m'as presque insulté, c'est pas grave, donc

savoure ton vin, vis, on se reverra dans l'autre monde, Holden, nous prendrons un coup ensemble, et tu pourras me raconter ta vie en long et en large, je répondrai à ta question, je te dirai alors le sort qu'on réserve aux pauvres canards des pays froids pendant l'hiver, tchao mon bonhomme, je dois me barrer, ma place est au paradis, et si quelques anges de mauvaise foi me racontent des salades là-haut pour m'empê-cher d'y accéder par la grande porte, eh bien, crois-moi, j'y entrerai quand même par la fenêtre »

Au jour le jour
poésie
Maison rhodanienne de poésie, 1993

La Légende de l'errance
poésie
L'Harmattan, 1995

L'Usure des lendemains
prix Jean-Christophe de la Société des poètes français
poésie
Nouvelles du Sud, 1995

Les arbres aussi versent des larmes
poésie
L'Harmattan, 1997

Bleu-Blanc-Rouge
Grand Prix littéraire de l'Afrique noire
roman
Présence africaine, 1998

Quand le coq annoncera l'aube d'un autre jour
poésie
L'Harmattan, 1999

L'Enterrement de ma mère
récit
Éditions Kaléidoscope (Danemark), 2000

Et Dieu seul sait comment je dors
roman
Présence africaine, 2001

Les Petits-Fils nègres de Vercingétorix
roman
Le Serpent à Plumes, 2002

Contre-offensive
ouvrage collectif de pamphlets
Pauvert, 2002

Nouvelles Voix d'Afrique
ouvrage collectif de nouvelles
Éditions Hoëbeke, 2002

Nouvelles d'Afrique
ouvrage collectif de nouvelles
accompagnées de photographies
Gallimard, 2003

African Psycho
roman
Le Serpent à Plumes, 2003
et « Points », n° P 1419

Tant que les arbres s'enracineront dans la terre
poésie
Mémoire d'encrier (Canada), 2004

Vu de la lune
ouvrage collectif de nouvelles
Gallimard, 2005

RÉALISATION : PAO ÉDITIONS DU SEUIL
IMPRESSION : NOVOPRINT
DÉPÔT LÉGAL : FÉVRIER 2006. N° 84983-4
IMPRIMÉ EN ESPAGNE

Collection Points

DERNIERS TITRES PARUS